どろぼうの名人

姉へ

登場人物

佐藤初雪《さとうはつゆき》……主人公。中学三年生。愛の「偽妹」。

川井愛《かわいめぐみ》……古本屋の店主。裏社会の有力者。

佐藤葉桜《さとうはざくら》……初雪の姉。裏社会で活躍中。愛とは腐れ縁。

川井文《かわいあや》……愛の娘。小学五年生。初雪を慕う。

一日目

私の姉は、魔女だ。冬には夜を纏《まと》う。

それは吸いこまれそうに黒いマント。

姉がそれをまとうようになると、雪が待ち遠しくなる。吸いこまれそうな黒につかまってしまった雪の結晶が、その小さなとげとげで私の目につきささって、血管に入りこんで、身体《からだ》じゅうに回る。そうすると私は、自分の名前のとおりの存在になった気がして、姉の肩に降り積もって、どこまでも一緒にゆけるような気がする。

私の名前は、初雪《はつゆき》。

佐藤《さとう》初雪。

生まれてから今までに、もう十五回も冬を越したのに、私の名前はずっと初雪のまま。きっと姉のせいだ。『だって初雪は毎年降るでしょう?』。そうやって姉は魔法をかける。

私は覚えていないけれど、きっと姉は同じようにして、私を土くれから人にした。土くれを人の形に固めて、『あなたは初雪。私の妹』と魔法をかけて、私をつくった。

そのとき姉は、きっと寂しくて、私をつくった。

姉は寂しがり屋だ。あんなに強くて美しくて輝いていて、姉のそばにいる人は誰でも寂しさなんか忘れてしまうのに、自分のことだけは温められない。だから私をつくった。

私が姉のことを気にかけて、からかって、頼りにして、馬鹿にして、待って、待たせて、傷つけて、抱きしめて、愛するように。

私はそうしている。まるで、姉の言いつけに従う妹のように忠実に。


きのう、冬がきた。姉があのマントをまとった。

もうすぐ私の十五回目の誕生日がくる。

＊

お姉ちゃんが帰ってきました。

「たっだいまーっ！　寒いさむい寒いさむい寒い」

「おかえり」

お姉ちゃんは、夜色のマントと上着を脱いでハンガーに。シャツなんかを脱ぎ捨てて、下着だけになって、コタツにもぐりこみます。そうしてわたしに抱きついて、

「あっためて」

「はいはい」

わたしはパジャマを脱いで、上半身を裸にします。その素肌を、お姉ちゃんが抱きしめます。背中に手のひら、胸に顔。どちらも、冷たさが心臓にしみるほどです。お姉ちゃんはさぞかし温かいでしょう。

「はー、極楽極楽」

お姉ちゃんの冷えた身体《からだ》を、素肌で温めてあげている、なんて――友達にはちょっと言えない光景です。

ええ。わたしにだって、それくらいわかっています。わたしは、他人から見たらちょっとおかしなくらい、姉のことが好きです。

でもわたしにも言い分があります。

お姉ちゃんくらい素敵な姉がいるひとなんて、めったにいないのですから、わたしがおかしいのは、そのほうが普通なんです。普通のひとに、お姉ちゃんみたいな姉がいたら、きっとわたしと同じくらい、姉のことが好きになるはずです。

「幌《ほろ》を使ってよ、もう」

お姉ちゃんの身体がこんなに冷たいのは、コンバーチブルの車を、幌を使わずに乗ってきたからです。お姉ちゃんは真冬でもめったに幌を使いません。お姉ちゃんが車で出かける日には、雨や雪が降ってほしいと、いつも思います。天気の悪い日には、さすがのお姉ちゃんも、幌を使います。

「やだよ、そんなのカッコ悪い。それに、寒くなかったら、こうやってあっためてもらえないじゃないのよ」

そう言ってお姉ちゃんは、反対側の耳を、わたしの胸にこすりつけます。

わたしだって、こうして温めてあげるのは、好きです。楽しみです。でもお姉ちゃんの身体が冷えるのは嫌です。

「寒くなくても、してあげるよ」

「そんなの抱き合ってるだけじゃん。あったまる感じが幸せなんだよ」

コタツの電熱器とわたしの体温で、お姉ちゃんの身体が温まってゆきます。いつもこのまま、汗をかくくらいまで、こうしています。

けれど今晩は、いつもとはちがう夜になりました。

お姉ちゃんは、ぽつりと言いました。

「──ね、助けて」

たすける?

わたしが、お姉ちゃんを?

「どうした、の?」

「古本屋の川井《かわい》さん、覚えてる？　昔、連れていったでしょう。

あの人の、妹になって」

＊

魔女はふたりいる。

ひとりは私の姉、佐藤葉桜《さとうはざくら》。もうひとりは、姉の仕事上の知人、川井愛《かわいめぐみ》。


魔女は魔法を使う。

魔法は絵の具のようなもの。世界の形は変えられないけれど、世界の色を変える。

魔法は言葉で塗る。『だって初雪《はつゆき》は毎年降るでしょう？』。姉がそうやって初雪という名前に魔法をかけると、文字はそのままなのに、それまでとは違う名前になる。姉が私に魔法をかけるたびに、私は姉の被造物になっていく。

言葉だけでなく。衣装で、声で、しぐさで、姿勢で、顔つきで、まばたきで、塗る。それは下地に塗る白のようなもの。下地を白く塗っているから、色を塗ったときに、ちゃんと思いどおりの色が出る。

魔法なんか知らない普通の人でも、ほんの少し、ほんのときどき、魔法をかける。でもめったに思いどおりにはいかない。下地をろくに塗っていないから、色が思いどおりに出ない。呪文《じゅもん》が、大切なときには出てこなくて、どうでもいいときに出てくる。そんなのは、まるでロバがシッポで絵を描くようなもの。魔法を使っているだなんて言えない。魔法のことを知らずに、ただ振り回されているだけ。

魔女は魔法を使う。思いどおりに。

いつも下地を完璧《かんぺき》に塗っている。魔法がなんだか知っていて、魔法のためだとわかっていて、衣装と声としぐさと姿勢と顔つきとまばたきと、とにかくコントロールできるものを全部、下地を塗るのに使う。二十四時間、週七日、ずっとそうしている。

いつでも必要なときに呪文が出てくる。呪文がなんだか知っていて、いつも備えている。きっと、川の水が流れるみたいに絶え間なく大量に、使わない呪文がいつも頭のなかを流れている。


そんなのは姉だけだと思っていた。

私の姉は特別で、まるでお話のなかから出てきたような人で、誰とも比べることなんてできないほど、本当にほんとうにすごい――昔はそう思っていた。

ある日のことだった。姉は私を、小さな古本屋に連れていった。

小さいけれど重々しい、古めかしい、幽霊でも出てきそうなお店だった。天井が高くて間口が狭い。学校の図書室と同じ、古い紙の匂《にお》い。背の高い本棚に、茶色い箱入りの本が、ずらりと並んでいる。文庫や新書はレジの近くにちょっと置いてあるだけ。まんがなんか一冊もない。

今から思えば、それは魔女の住処《すみか》だった。魔女にふさわしい衣装があるように、魔女にふさわしい住処がある。我が家がそうだし、あの古本屋もそうだ。

店の一番奥がレジだった。レジの置いてあるところは、人が腰かけるくらいの高さになっていて、畳が敷いてある。そこに川井愛《かわいめぐみ》はいた。いかにも本屋さんらしいエプロンをつけて、その下には黒いタートルネックのセーターを着て、座布団の上に正座していた。セーターは薄手で、毛が細い。カシミヤかなにかだ。

姉よりもいくらか背が低い。細くて長い首に、たおやかな肩と腰。姿かたちのどこにも派手なところはないのに、たたずまいが美しい。年は、わからなかった。いまでも私は、大人の年なんかよくわからない。ただ、姉よりは年上に見えた。

「はじめまして、初雪《はつゆき》ちゃん。――あら、お姉さんよりも美人になりそうじゃない？　楽しみね」

それは魔法だった。

姉は魔女で、姉の力は魔法だということが、わかった。この人も魔女で、姉と同じように魔法が使えるのだということが、わかった。

このとき川井愛が私にかけようとした魔法は――

――お姉さんに勝ちたいでしょう?

――あなたをお姉さんより綺麗《きれい》にしてあげる。

――あなたの美しさを認めて、欲しがってあげる。

――だから、そんなにお姉さんべったりでいるのはやめて、私のところに来なさい。

それが魔法だと気づいたときにはもう、魔法にかかっていた。美しさで姉に勝ちたいと思っていた。そのために川井愛の手を借りたい、と思っていた。

私は恐れおののいて、姉の背中に隠れようとした。けれどその瞬間、姉は私を背中から抱きとめた。

「そんなのあったり前でしょー？　私の妹なんだから」

それも魔法だった。川井愛の魔法を打ち消す魔法。

帰り道、姉はデパートに立ち寄って、まるで浴びせるように服を買ってくれた。試着してサイズが合ったものは全部買ってくれた。同じサイズの色違いがあれば、私は欲しくもないのに、全部買ってくれた。靴も、歩きにくい靴はいらないと私が言ってもきかずに、よさそうなものを手当たり次第に買ってくれた。姉が使っているのと同じ化粧品を一揃い、私専用にと買ってくれた。

このときの服や靴は、半分は一度も着ないまま、サイズが合わなくなった。いまでも家の一階の倉庫にしまってある。

姉は、川井愛を恐れている。

＊

「お姉ちゃん、死んじゃうの?」

あの川井愛《かわいめぐみ》――あんなに恐れていたのに。

『妹になって』というのもわけがわかりませんけれど、それよりも川井愛という名前のほうが深刻でした。わたしを、あの川井愛の手に委《ゆだ》ねるということは。もしかして、お姉ちゃんはもうすぐ死んでしまうのではないでしょうか。

「大丈夫。初雪《はつゆき》が助けてくれるからね」

お姉ちゃんの前ではわたしは泣き虫です。そのほうがお姉ちゃんが喜ぶし、わたしもラクなので、やめられません。わたしはしばらく涙を流して、気持ちを落ち着かせました。

そのあいだにお姉ちゃんは、

「川井さんのこと、覚えてるんだ? ――帰りに、すごい買い物したもんね。あのあといきなり、初雪は綺麗《きれい》になったよ。そういう年頃だったんだね」

そうしてわたしが泣きやむと、

「妹になるっていっても、ずっとじゃなくて、一か月くらいで終わると思う。ときどきは家にも帰れるし。『お姉さま』とかいっておだててりゃいいのよ。……あんたにゃ無理か、そんなの」

わたしは泣いて損したような気がして、姉の二の腕をつねりました。

泣くほどのことではなかったけれど、なにもかもよくなったわけではありません。あれほど恐れていた川井愛に、わたしを預けるというのですから。

「川井さんのこと、嫌い?」

わたしはよく考えました。あのたたずまい、あの微笑《ほほえ》み。

お姉ちゃんが焚《た》き火のように輝いているとしたら、あの人は火鉢のように端正で暖かです。

「……ううん」

「上出来。怖い?」

声に出してはいけない気がして、わたしは黙ってうなずきます。

「完璧《かんぺき》」

お姉ちゃんは、だいぶ温まった身体で、わたしを強く抱きしめました。

*

あのころ、私は十五歳だった。

あのころは姉がいた。私は姉に守られて夢の中にいて、しかも自分が夢の中にいることを知らずにいた。

私はなにか大切なことを信じていた。それは確かに覚えている。けれど、いったいなにを信じていたのか、いまとなっては、どうしても思い出すことができない。

夢の中の出来事はみな、夢の論理で織り成されていて、夢の外に持ち出すことができない。あのころの私が信じていた何かも、きっとそういうものだった。

姉は確かに存在していた。十五歳の私も確かに存在していた。姉が好きだった香水の匂《にお》いの懐かしさや、マント姿の女性を街で見かけたときの胸の痛みが、そう証言してくれる。図書館や官公庁に眠っている文献も、姉の存在と活動を雄弁に、また十五歳の私のことも慎《つつ》ましやかに、証言してくれる。

私が信じていたあの大切な何かも、同じように確かなものだ。それがどんなものかは思い出せないけれど、それは存在していた。それは私を動かし、姉を動かし、あのころのすべてに移り香のように影響を与えた。内閣府の書庫に眠っているはずの、膨大《ぼうだい》で無味乾燥《むみかんそう》な記録のなかにも、残り香をかぎとることができるかもしれない。

二日目

魔女の住処《すみか》は、人里離れた一軒屋か、高い塔のてっぺんか、迷宮のような穴蔵か。

我が家は、高い塔のてっぺん。

一階は工場として作られていて、高さが十メートルくらいある。大きな一階の上に、小さな二階がちょこんと乗っている。一階はいまは使われていない。ずっと前に、別の工場を建ててそちらに移った。私の父母はその工場で働いている。

だから我が家はわけもなく空高い。

高層住宅がどんなに空高くても、それにはちゃんとわけがある。家を縦に詰め込むため。そんなまっとうな理由つきの高さでは、魔女の住処にはならない。我が家が空高いのは、魔女の住処だからだ。

川井愛《かわいめぐみ》の古本屋は、迷宮のような穴蔵。

入り口から奥のレジまで、七歩足らず。でもここは迷宮だ。人がすれ違うのも難しいほど狭い通路に、天井まで本がびっしり詰まった本棚。きちんと整理されているのに、知り尽くすことなんかできそうにない。この迷宮のどこになにがあるかわかるのは、きっと店主の魔女ただひとりだ。

それに、レジの後ろにある障子。あの奥には、なにがあるのだろう。観光客が入れる洞窟《どうくつ》のなかの、「この先は立入禁止」と塞《ふさ》いである枝道のように、秘密の匂《にお》いがする。

私は姉に伴われて、その迷宮にふたたび足を踏み入れた。

＊

お店は開いていたのに、なかには誰もいませんでした。

レジの横にベルが置いてあるのを見つけて、わたしは、

「これ押すのかな？」

と言ったのですけれど、その前にお姉ちゃんはもうハーモニカを構えていました。お姉ちゃんはいつもハーモニカを持っていて、事あるごとに吹くのです。

「バーカ・アーホ・ドジマヌケー・バーカ・アーホ・ドジマヌケー」

お姉ちゃんがこういうときによく吹く、『アイネ・クライネ・ナハトムジーク』の冒頭です。お姉ちゃんがこの歌詞で歌ってくれたので、わたしの頭のなかではいつもこの歌詞になってしまいます。モーツァルトさん、ごめんなさい。

「あら、いらっしゃい」

レジの後ろの障子が開いて、川井さんが現れました。障子の向こうの部屋がちらりと見えて、ちょっと覗《のぞ》きこんでしまいます。コタツにＴＶ。普通でした。

立っているときの川井さんを見るのは、これが初めてです。やっぱりお姉ちゃんよりも少しだけ背が低くて、わたしよりは高いようです。やっぱり首が長くて、身体《からだ》じゅうどこもほっそ

りしていて、なよやかで、竹久夢二《たけひさゆめじ》の絵のようです。切れ長、というのでしょう、小さな顔につりあわないくらい細長い目で、ちょっと仏像のようです。

お姉ちゃんと川井《かわい》さんは、なんだか面倒くさい挨拶《あいさつ》をしてから、本題に入りました。

「私が川井さんに直接なにか約束しても、あんまり説得力がないのよ。逆もまた真なり。お互い主観的には信じたいんだけどさ、客観的に、ね。

それで考えたわけ。お互い、ほかの人に約束すればいいんじゃないか、って。映画なんかでよくあるでしょう、『亡き母の霊に誓って』、みたいなやつ。

というわけでさ――私は初雪《はつゆき》に約束する。

川井さんに内緒で近藤紡株《こんどうぼう》は動かさない」

知らない人の妹になったり、だれかの代わりに約束されたり。ほんとうにまるでお話のようです。

「お姉ちゃんが約束を破ったら、わたしはどうすればいいの？」

するとお姉ちゃんはぬけぬけと、

「初雪との約束を破ったことなんて、あったっけ？」

何度もあります。わたしはお姉ちゃんを睨《にら》みましたが、お姉ちゃんはにこにこしています。

「大事な約束、なんでしょう？」

「うん。命がけ。だから、破ったあとのことなんて、ないの」

「わたしは人質？」

「ちょっと違う。もし私が裏切っても、川井さんは初雪を殺したりしないよ、絶対。でも私の命より大切なものを賭《か》けてる。初雪が、私を信じてくれる心」

心にはかたちがないので、触ることができません。わたしは心のかわりに、お姉ちゃんの両手を包むように握りました。お姉ちゃんは、指をからめて握り返して、そのまま黙っていました。

「……川井さんは誰に約束するの？」

手をつないだまま尋ねると、お姉ちゃんのかわりに川井さんが、

「私も、初雪さん。

約束。葉桜《はざくら》さんに内緒で近藤紡株は動かさない」

「でも、それじゃあ――」

ほとんど知らないひとの川井さんと、お姉ちゃん。信じる心の強さは、くらべものになりません。

「つりあわないでしょう？

だから今日から初雪さんは、私の妹になるの。よろしくね」

川井さんは、手を握ってほしそうに両手を差し出しました。切れ長の目の、目尻《めじり》がたれてい

ます。わたしはちょっと迷ってから、お姉ちゃんとつないでいた手を離して、差し出された手を握ろうとした、とき——ぱっと向こうの手が動いて、わたしの両手を上から握ってしまいました。

そのときのわたしの気持ちを擬音《ぎおん》でいえば、どすん、どどどどど。

『どすん』は、緊張と恥ずかしさのスイッチが入った音。『かちん』とかいう軽い音ではありません。

『どどどどど』は、緊張と恥ずかしさがやってくる音。反応があまり鋭くなくて、迫力がある音です。

手をつなぐくらい、友達とはいつものことで、お姉ちゃんともいつものことなのに、どうしていまにかぎって、こんなにも恥ずかしいのでしょう。息をするのもやっとです。

もしかするとわたしの百分の一くらいは恥ずかしいのかもしれません、少しだけ頬《ほお》を赤らめながら、川井《かわい》さんは言いました、

「ね、いい？　私のことは、『お姉さま』って呼ぶの」

*

考える時間はたっぷりあった。

姉が去ったあと、川井愛《かわいめぐみ》は私を奥の部屋に通した。コタツ、みかん、TV、電気ポット。置いてあるものだけは、ありきたりの部屋のような顔をしている。でも窓はない。奥行きはともかく横幅が狭くて、コタツに横向きに入ったら背中が壁に当たる。ここは穴蔵、魔女の住処《すみか》にふさわしいところだ。

私を奥の部屋に入れると、川井愛はレジの前で、古本の整理を始めた。障子は閉めてある。こうして私は、ひとりで放っておかれて、コタツに入っていた。

だから、考える時間はたっぷりあった。

私のつとめは、川井愛の気を惹《ひ》き、飽きさせず、この遊びを続けたいと思わせること。もし川井愛が飽きたら？　『うん、命がけ』と姉は言っていた。『だから、破ったあとのことなんて、ないの』。命がけの、そのあとがないようなことが、姉の身に起こる。それがどんなことかはわからないけれど、もしそれが起きてしまったら、もう二度と会えなくなるような気がする。さっき握った姉の手が、別れたときの姉の笑顔が、ほのめかしていた。

主人公のつとめは、魔女を飽きさせないこと――そんなお話があっただろうか。

王さまを飽きさせないお話なら知っている。千夜一夜物語。シェーラザードは毎晩いろんなお話を語りつづけた。魔女にこき使われるお話なら知っている。ヘンゼルとグレーテル。ヘンゼルは食べられそうになり、グレーテルはこき使われる。でも、魔女を飽きさせないお話は知らない。

お話といえば、そうだ、ラプンツェル。魔女に閉じ込められて、高い塔の上で暮らしていた、ラプンツェル。

あの魔女は、ラプンツェルが王子さまを引き込むまでずっと、ラプンツェルを塔に閉じ込めていた。どうやって魔女を飽きさせなかったのか、教えてほしい。本人は、飽きてほしくてたまらなかったかもしれないけれど。

閉じ込めていた、というところが大事かもしれない。しっかり閉じ込めているかぎり、魔女は飽きずにいてくれるのかもしれない。そんな気がする。

だったら、今のようにして時間をやりすごすのが一番安全だ。私はいま、この穴蔵の奥で、川井愛に閉じ込められている。

閉じ込められていると思うと、出口が気になる。

店の反対側は、襖《ふすま》になっている。あの先はどうなっているのだろう。

きっと店の裏口と、二階への階段がある。この部屋の横幅が狭いのは、壁の向こうに階段が入っているせいだ。二階はどんなところだろう。

気になるのだから、見にゆけばいいのに、私はじっとしている。

ここは魔女の住処、うっかり下手なものに触ったら、たちまち愛想をつかされて約束は反故《ほご》にされ、姉とは永久に別れ別れになってしまいかねない。

それに、魔女に閉じ込められているというシチュエーションは、楽なうえに気持ちいい。私はラプンツェルになって、王子さまを待っている。私がなにもしなくても、魔女は飽きずにいてくれる。

しかも、ここは寒い。建物が古くて、隙間《すきま》風が吹いている。コタツから出る気になれない。

こうして私は、実物を見にゆくかわりに、襖《ふすま》の向こうを想像で描き出す。間取りや家具、床に壁に天井、明かりや色合いや雰囲気、匂《にお》いまで、どこまでも克明に思い描く。壁はきっと砂壁で、その壁が指に触れたときの感触まで、思い描く。

私はその想像のなかで迷子になる。私は蟻《あり》のように小さくなって、階段の蹴込《けこ》みのそばをうろうろする。黒光り、とまではいかない中途半端に古びた木の表面を、きょろきょろと歩き回る。ときどき思い出したように階段をひとつ昇っては、あたりの景色が変わるのに目を見張る。

ここは魔女の住処《すみか》、迷宮のような穴蔵だ。

*

お腹《なか》がすきました。

夜の七時半です。わたしの夕ご飯の時間です。

いつもはたいてい、わたしひとりで食べます。父と母は、この時間にはめったに帰ってこられません。お姉ちゃんは間に合うこともあって、そのときはお姉ちゃんが夕ご飯を作ってくれます。

でも今ここは、いとしい我が家ではなく、川井《かわい》さんのお店です。

川井さんは、いつ夕ご飯をとるのでしょう。このお店が開いているあいだは、食べられそうにありません。ではお店の営業時間はいつまでなのでしょう。わかりません。なにを食べるのでしょう。このお店にもどこかにキッチンがあって、そこで作るのでしょうか。それとも出前を頼むのでしょうか。

考えてもわからないので、きけばいいのです、川井さんに。

でも、勇気がいります。

話しかけるのに、勇気がいります。おかしなことを言って、愛想をつかされたりしないでしょうか。川井さんのことを、どう呼べばいいのか、わかりません。本当に「お姉さま」でいいのでしょうか。

そういうのを考えれば考えるほど迷って、ラプンツェルごっこを続けたくなります。それに、いつかは川井さんだってお腹がすくはずです。

でも、お腹がすきました。

心のなかで、お姉ちゃんに相談してみます――『お腹がすいたんだけど、川井さんに話しかけるのが怖いの。おかしなこと言っちゃいそうで』。お姉ちゃんの返事は、『どうせそのうち話しかけるんだから、ぐずぐずしてないで今やっちゃいなよ』――うん、そうする。大失敗して愛想をつかされても、わたしを恨まないでね、お姉ちゃん。

障子を開けました。川井《かわい》さんの背中が見えます。お客さんはいないようです。

「あの――いいですか」

すると川井さんは背中を向けたまま、

「『お姉さま』、って呼んでくれなきゃ嫌」

さっきの恥ずかしさが、まざまざとよみがえってきます。手を握られた感触まで、ありありと思い出してしまいます。

「お姉さま」

恥ずかしいのをこらえて呼ぶと、振り向いてくれました、にこにこと。

笑顔の素敵なひとです。赤ちゃんの笑顔みたいな、純度一〇〇パーセントの笑顔です。つられて微笑《ほほえ》まずにはいられません。

「どうしたの？」

「お腹《なか》がすきました」

川井さんは、くすっと上品な笑い声をあげて、

「情けない顔してるから、なにかと思えば」

そう言いながら、電話で出前をとってくれました。野菜炒《いた》め定食を二人前。わたしの好みはきいてくれませんでした。ちょっと意地悪なひとなのかな、と思います。もしわたしが野菜嫌いだったら、きっと困っていたはずです。

「いつもこの時間に食べるの？　――寝るのは何時？　――十時？　健康優良児なんだ。野菜も食べられるみたいだし」

やっぱり意地悪するつもりでした。

「デスマスでしゃべるのはやめて。葉桜《はざくら》さんとは普通にしゃべるんでしょう？　――ずっとこんなところにいて、退屈してない？　――そう？　明日からは、私の家にいてもいいのよ」

「ここがいい」

「あらあら。どうして？」

川井さんは小首をかしげました。

「そのほうが、川井さんに喜んでもらえると思って」

「こら」

真ん中をちょっと伸ばした、アクセントが尻上《しり》がりの、『こら』。音符にすればたった二つなのに、それは小さな音楽でした。

「……え？」

「私のことは、『お姉さま』でしょう？」

「はい、……お姉さま」

そう言いながら心のなかでは、できるだけ『川井《かわい》さん』で粘ってやろう、と決めていました。

わたしが『お姉さま』と言い直すと、すごく嬉《うれ》しそうにするのです。最初から『お姉さま』では、こうはいかないだろうと思います。そのかわり心のなかでは『お姉さま』と呼ぶことにしました。

それに、あの『こら』で叱《しか》られるのなら、何度でも叱られたいと思ってしまいます。

「学校はどこ？　――渋谷星栄《しぶやせいえい》って、やっぱり渋谷にあるの？　――部活はなにか入ってる？　――」

さっきまで何時間も口をきかずにいたのに、今度はまるで堰《せき》を切ったようにあれこれと訊《たず》ねられて、息つく暇《ひま》もありません。

もしかしたらお姉さまも、わたしと口をきくのが怖かったのでしょうか。

＊

考える時間が欲しい。

「身体《からだ》がだらーんってするのをイメージして、深呼吸するの。……そう――また暴れた。もう一回」

「お姉さまがくすぐるから」

「初雪《はつゆき》がひとりで感じてるだけでしょう?」

そう言われて、また後ろから抱きすくめられる。私は反射的に身を硬くしてしまう。力を抜いていなさい、と川井愛《めぐみ》はいう。不可能だ。

さっきから私はいじられっぱなしだ。考える時間が欲しい。


川井愛の自宅は、魔女の住処《すみか》には見えない。ただの集合住宅だ。六階建ての五階。ひとりで住むには広いけれど、ごく当たり前の人間が暮らす家にしか見えない。

古本屋から自宅までは車だった。その車も、なんの変哲もない紺色のセダンだった。閉店時刻は九時で、家に着くのが九時半。お風呂のあとは、もう眠くてたまらない。

やっとの思いで髪を乾かしてから、寝室に行こうとしたとき、横から、

「あら、いい匂《にお》い」

と声をかけられて、抱きすくめられた。

そのとき、飛びのくようにして腕を逃《のが》れたのが、災難のもとだった。

「こら。私の妹なら、そんなふうに逃げたりしません」

逆らってもいいけれど、用心してやらないと疎《うと》まれるかもしれない。それに眠くて気力がわかない。私は言われるままに、抱きすくめられる練習を始めた。

「ひとりで立っていようとしないで、私に寄りかかってみて。——だいぶよくなったかしら。今日はここまで。おつかれさま。

今度のお休みの日は、一緒にお出かけしましょう。手をつないで歩くの。TVを見るときは、膝枕《ひざまくら》してあげる。ときどきは一緒のベッドで寝ましょうね。

おやすみなさい」

それで私はやっと解放されて、寝室に入った。この家には寝室が二つあり、使っていなかった部屋を私がもらった。ひんやりしたベッドにもぐりこんで、明かりを消すと、私はひとりになった。

いろいろな思いが、頭のなかでぐるぐると回る。

さっき『お姉さま』と呼んでしまった。できるだけ『川井《かわい》さん』で粘るつもりだったのに。また『川井さん』に戻ったらおかしいだろうか。

明日の朝ご飯はどうなるのだろう。それに川井愛《めぐみ》の起きる時間は。私は学校に行く時間に起きるけれど、川井愛は古本屋を開ける時間に間に合えばいい。

私の荷物は宅配便で送ってある。明日届く。受け取りと荷ほどきがあるから、明日は早めにここに帰る。私の衣類を入れるクローゼットはあるのだろうか。

そのうち、一番大事なことにゆきつく。

私のつとめは、うまく果たせているだろうか。

ラプンツェルごっこは、川井愛に通じるだろうか。わからない。もっと、姉にしているように、甘えたほうがいいのだろうか。そんな気がする。でも難しい。

その一番大事なことのなかの、さらに一番大事なこと。

私は川井愛のことを好きになっているだろうか。

好き嫌いは伝わる。もし私が川井愛を嫌いになれば、川井愛もそれを感じて、私の顔を見たいとは思わなくなる。川井愛を好きになることが、私の一番大切なつとめだ。

好きなところは見つけた。上がりの。夕食は楽しかった。『こら』という声。真ん中をちょっと伸ばした、アクセントが尻《しり》上がりの。夕食は楽しかった。出前の野菜炒《いた》め定食は、あまりおいしくなかったけれど。いきなり抱きすくめられたときには、びっくりしたし逆らったけれど、嫌だとは思わなかった。

大丈夫。私は川井愛のことを好きになっている。

でも——

こんなことを考えて人を好きになろうとしている自分が、好きになれない。

わらしべ長者をさかさまにしたお話。

金貨をもらった男が、それを価値のないものへと次々に交換していく。最後は石ころと交換して、その石ころも捨ててしまって、自由になる。

自由になりたい。

もし私が背負っているのが、姉ではなく金貨だったら。石ころに換えるまでもなく捨ててしまって、川井愛《かわいめぐみ》の前に立ちたい。

＊

あのころの姉がどんな行動を取っていたのか、いまでもあまり詳《つまび》らかにはわからない。内閣府の書庫には、警察庁千葉局の文書が眠っており、そこには姉の行動が記録されているはずだが、私の存命中にこの文書が機密解除される見込みはない。

私の手元にある情報はみな断片的なもので、そこからはどんな物語でも引き出せる。ジグソーパズルのピースなら、間違った組み合わせ同士では並べられないけれど、現実の情報はジグソーパズルではない。好きなように並べることができ、好きなように絵を作れる――醜《みにく》い絵でよければ。

私は、好きな絵ではなく美しい絵を求めて、ひとつの物語にたどりついた。もしこの物語を、姉がしてくれていたように、あのころの私に話して聞かせるならば、こうなるだろう。

昔々あるところに山賊団《さんぞくだん》がいた。山賊団はあちこちの村や町や旅人を襲い、財宝を奪い取っていた。山賊団の親分の山賊頭は、子分も知らない自分だけの秘密の隠れ家を持っていて、奪った財宝をそこに隠している、という噂だった。

ＨとＭは、山賊団の根城《ねじろ》のちかくに暮らす悪党仲間だった。あるとき二人は、連れ立って山に入り、おかしな家を見つけた。山小屋ではなく、納屋のついた立派な家である。

「こんな人里離れた山の中に、こんな立派な家があるとは不思議だ」

「誰か住んでいるようだが、いまは留守らしい」

「どこもかしこも頑丈にできた家だ。カギがなくては入れそうにない」

「もしかしてこれは、山賊頭の隠れ家じゃないのか？」

「だとすると、ここにはお宝がたんまり隠してあるってことだ」

二人が納屋を調べてみると、金貨の詰まった袋がいくつも無造作に投げ出してあった。

「この調子だと、家の中にあるお宝はどれほどのものか」

「山賊頭がここに来るのを待ち伏せて、始末しよう。そうして家のカギを奪って、お宝をいただこう」

そこまでは話は簡単に決まった。

「だが奴は、猿のように身軽なうえに、槍の達人だ。俺たち二人で待ち伏せたくらいでは、勝ち目がないだろう」

「奴が油断して、槍を持たずに家から出てきたところを襲えばいい」

二人は家の様子を念入りに調べた。家には表口と裏口があり、ほかに人が出入りできるところはない。二人は裏口のそばで待ち伏せることにした。

やがて山賊頭《さんぞくがしら》が帰ってきた。山賊頭は、まさか待ち伏せされているとは知らないので、槍を持たずに裏口から出ようとした。HとMは山賊頭を襲い、深手を負わせたが、家の中に逃げ込まれてしまった。

「家の中には槍がある。扉を押さえろ。奴を外に出したらおしまいだ」

Hは扉を押さえた。山賊頭は激しく扉を蹴《け》ったが、どうやら持ちこたえられそうだ。

「こうやって裏口を押さえていても、表口から出てくるぞ。俺は表口を押さえる」

Mは表口に回り、扉を押さえた。その直後、山賊頭は表口の扉を蹴りはじめた。Hは、この隙《すき》に扉につっかえ棒でもしようと思ったが、見渡すかぎりのどこにも適当なものが見当たらない。

Hは大声でMに呼びかけた。

「奴には深手を負わせた。しばらくこうしていれば、くたばるだろう」

すると家の中から、山賊頭の声がした。

「お前ら二人のうち、先に逃げ出した利口者は、見逃してやる。納屋には金貨の詰まった袋がいくつも置いてある。馬もつないである。両方とも、くれてやろう。馬に乗って逃げれば、いくら俺が身軽でも、追いつけまいぞ。

置いてけぼりを食った馬鹿者は、この槍で串刺しにしてくれる。お前らごときの足で、この俺から逃げ切れると思うなよ。二人とも、さっさと逃げ出すがいい」

Hは大声を出した。

「Mよ、惑わされるな」

Mも大声で答えた。

「わかっている。奴の息の根を止めるぞ」

答えを聞いてHは勇気づけられたが、すぐに不安になった。

さっきはああ言っていたものの、俺たちはしょせん悪党だから、平気で仲間を見殺しにする。Mは俺を置いて逃げるのではないか？

自分の命が助かり、金貨も手に入るなら、家の中にあるお宝はあきらめるのではないか？

さらに悪いことに、俺は足が遅いのに、Mは身軽だ。山賊頭は大口を叩いたが、深手を負っている。おそらくMなら逃げ切れるだろう。その身軽なMのことさえ、俺は疑っている。

それならMは、足が遅くて逃げ切れそうもない俺を、どれだけ疑っていることか。

状況がこのままなら、いますぐ逃げるのが利口だ。しかし、「Hは逃げない」とMに信じさせる方法や、山賊頭に追いかけられる危険を冒してもいいという気にさせる方法があれば

『H』は姉、『M』は川井愛《かわいめぐみ》。『方法』は、私を川井愛のもとへ送り込んで、あの約束を交わすこと。

三日目

きょうは、ラプンツェルごっこはしません。

「まずこのボタン。それから金額」

お姉さまに、レジの使い方を教えてもらいます。店番をまかせられるようになれば、そのぶんわたしを大事にしてくれると思います。

でもお姉さまは意地悪だから、逆かもしれません。店番をまかせられる役に立つ子は邪険にして、なんの役にも立たない、ラプンツェルごっこばかりしているようなぼんやりした子のほうをかわいがるかもしれません。なんとなく、そんな気もします。でもわたしはこうしたいのです。きっとお姉ちゃんも賛成してくれます。

「税込み価格で表示してあるから、消費税の計算はなし。このレジじゃ、消費税の計算なんてできないし」

このお店のレジは骨董品《こっとうひん》です。電気を使わない機械式です。ボタンが深くて重くて、押すたびにガシャガシャ揺れて音がします。これでちゃんと足し算をするのですから、まるでお話にでてくるからくり人形のようです。

「レシートに消費税の額を書かなくていいの?」

「いいの。法律でちゃんとそう決まってるの。聞かれたらちゃんとそう答えなさい。二〇〇四年四月に消費税法が改正されてそうなりました、って。

ちなみにね、税抜き価格だけ表示するのは違法だから、そういうお店には文句を言いなさい。消費税のぶんオマケしてくれるかも」

本を売りに持ち込まれたときの対処も教わります。

「これは高価な本でしょうか？　ってお客さまに聞いちゃう。イエスなら、店主が留守ですって言ってお引き取り願う。ノーなら、この体重計で重さを量って、一キロ五十円で買い取る」

すごくおおざっぱなマニュアルです。

「本を読むのも、店番のお仕事。ひとが読んでると自分も読みたくなるの。たぶんね。あとは実戦あるのみ」

そう言い残して、お姉さまは出かけてしまいました。


お店には誰もきません。

三十分ものあいだ、お客がひとりもこないお店なんて、どうやって成り立つのでしょう。そういえば、このお店の本は、古くて厚くて箱入りの本ばかりです。まんがなんか一冊もありません。ここが神田なら、こういうものを探しているお客もたくさんいるでしょう。でもここは、普通の住宅地の駅前商店街です。

このお店はきっと、お姉さまの本業ではありません。こんな小さな流行《はや》らないお店だけで、お姉ちゃんをあんなに追い詰められるはずがありません。お姉ちゃんが表向きは社長なのと同じで、このお店は表向きの顔です。

だから、お姉さまの経済状態を心配することなんかありません。困るのは、わたしです。そもそも成り立たないお店を預かるだなんて、張り合いがありません。やる気が挫《くじ》けます。居眠りでもしたいところなのに、こんなときにかぎって眠くもなりません。読んでいる本は、ハイデガーの『存在と時間』。三十分もかかって、まだ三ページ目です。

*

この店の建物は古いけれど、手入れは行き届いている。入り口のドアを開け閉めするときにも、滑らかに動いて音をたてない。音はなくても空気が動き、外の喧騒《けんそう》も入ってくるので、見逃すことはない。

そのドアを開けて入ってきた初めてのひとは、小さな女の子だった。

小学生、高学年だろう。有名私立小学校の制服に制帽。靴が、一見すると当たり前のローファーのようで、実はちょっと珍しい。同じものを昔、姉にねだって買ってもらったことがあるから、知っている。当たり前のローファーよりも、ちょっとかわいくて、かなり歩きやすくて、とても値段が高い。

肘《ひじ》の近くまである長い髪を、左右に分けて、耳の後ろあたりで縛っている。小さな顔に、切れ長の目。大人びて見える。

女の子は、まっすぐにつかつかとこちらに進んで、私の前に立った。

「店主はいつごろ戻りますか？」

堂々と、けれど居丈高《いたけだか》ではなく、わざとらしくもなく。まるでお姫さまだった。

こんなお姫さまが、こんな魔女の住処《すみか》を訪れるのは、悪いことの始まりと決まっている。もしかしたら、川井愛《かわいめぐみ》の本業にかかわることかもしれない。

この子の力になろう。悪いことが始まらないように。私が店番をしたのは、このためだったのかもしれない。

「わかりません。でも、すぐだと思います。よろしければ、こちらにおかけになってお待ちください」

私は自分が座っていた座布団を裏返して、横に置いた。

「ありがとうございます」

優雅にお姫さま然と一礼して、その座布団に座る。

お姫さまの横顔を見る。肩も腕も、骨が細くて、下手にさわると壊れてしまいそうだ。首が長い。誰かに似ているような気がする。でも、それが誰なのか、思い出せない。

私の視線に、お姫さまが気づいて、にっこり笑い返してくれる。その笑顔も、ますます誰かに似ている。

その笑顔に誘われて、話しかけてみる。

「ね、お話、してもいい？」

「ええ」

外が寒かったせいか、お姫さまの頰《ほお》が赤らんで、頰紅のようになっている。

「ここの店主と、仲がいいの？」

「私の母です」

＊

どんなに話をきいても、タネも仕掛けもありませんでした。わたしのように、ある日いきなり娘になったわけではありません。この子は、お姉さまのお腹《なか》から産まれた、まぎれもない実の娘です。

あまり詳しいことはきけません。学校帰りに寄れるほど近くに住んでいるのに、お姉さまと別居しているのですから、家庭の事情があるのでしょう。

「あ、そうだ、お名前は？　わたしは、佐藤初雪《さとうはつゆき》です。初雪は、空から降ってくる初雪。よろしくね」

名前はわたしの自慢です。きいたひとはみんな感心してくれます。

女の子の感心ぶりは大変なものでした。きくなり、天井を見上げて、静かに微笑《ほほえ》んだのです。

きっとこの子の目には、夜空から舞い降りてくる雪の結晶が映っていることでしょう。

「……ね、お名前は？」

わたしが催促すると、お姫さまはびっくりしてから、上目づかいにわたしの顔をちらちら見ながら、

「川井文《かわいあや》です。よろしくお願いします」

「あんなに若くてきれいなお母さんがいるなんて、うらやましいな。でも、文ちゃんは自分では、嬉《うれ》しいとか得してるとか、感じないかもね」

「嬉しいですけど、得してるとは思いません。

初雪さんは、どうしてこのお店でバイトなさってるんですか？　掃《は》きだめに鶴です」

あまり言いたくない事情なので、

「メイド喫茶が中学生を雇ってくれるかな？」

とごまかしてみます。

文ちゃんは、フン、と鼻で笑いました。

「メイド喫茶で働きたいですか？」

「……あんまり」

なんだか大変そうなお仕事です。

「だと思います。じゃあ、このお店で働こうと思った理由は、なんなんですか？」

「面接のひとみたい」

文ちゃんは、わたしを睨《にら》んで、

「このお店よりも、ママと――」

と言った瞬間、しまった、というように、口を手で押さえます。すぐに、

「母となにかあって、それが理由じゃないかと思うんですけど」

「もしそうだったら、どうするの？」

文ちゃんは、唇を真一文字《まいちもんじ》にひきむすんでから、

「――母のことが、好きなんですか？」

*

自由になりたい。

つとめを背負わずに川井愛《めぐみ》の前に立って、川井愛を好きになりたい。好きになれず、嫌いになってもいい。

でないと、私はこのお姫さまに、嘘《うそ》をついてしまう。力になろうと、さっき決めたばかりなのに。

「……わからない」

「じゃあ、――」

「問い詰めないで」

私が曖昧《あいまい》に笑うと、とたんにお姫さまは青ざめてしょげかえった。

「――ごめんなさい」

「文《あや》ちゃんは、ママのことが好きなんだ」

「はい」

「よかったね。世界じゅうの誰も、文ちゃんのかわりにはなれないよ。自分の娘だもの」

会話がとぎれて、静かになる。

お姫さまが現れるまでの、からっぽな静かさとは違う。そこらじゅうの物陰に、一寸法師《いっすんぼうし》やけものたちが潜《ひそ》んでいて、こちらの様子をうかがっているような、どきどきするような静かさ。物陰に潜んでいたのは、人間だったのかもしれない。まるでタイミングを見計らっていたかのように、川井愛《かわいめぐみ》が店に戻ってきた。

「ママ、おかえり！」

「ただいま。

――文に『おかえり』って言われたの、これが初めてじゃないかしら？」

「そうだよ」

母娘の笑顔に、私もつられて微笑《ほほえ》む。

「で、初雪《はつゆき》は？」

すっかり忘れていた。

「おかえりなさい」

「ただいま」

視線を感じて振り向くと、川井文が上目づかいに睨《にら》んでいた。

川井愛が、奥でお茶にしたいと言ったので、そうなった。三人でコタツを囲む。川井愛が奥に、私が店側に、川井文が横に座る。

「ママにきくけど。

ママは、初雪さんとはどういう関係？」

問い詰めるようなお姫さまの口調をいなすように、魔女は鷹揚《おうよう》に答える、

「初雪は、私の妹」

*

文ちゃんは目を丸くしました。けれどすぐに、

「初雪さん、母をよろしくお願いします。お兄さまは今日はご一緒ではありませんの？」

お兄さま？　なんのことでしょう？　でもお姉さまにはわかったようでした。

「私は再婚なんかしてないの。このひとが、どうしても、私の妹になりたい、っていうから、してあげたの。ね？」

考えてみれば、ひとには言いにくい成り行きです。でも、だからって、なんて嘘《うそ》を。やっぱりお姉さまは意地悪です。

けれど、わたしが顔をしかめるよりも先に、

「なんじゃそりゃあ！」

と叫んだのは、文《あや》ちゃんでした。

文ちゃんもこんな口をきくのだと思うと、嬉《うれ》しくなって、笑ってしまいました。文ちゃんは、しまった、という顔をして、手で口を押さえます。さっき『ママ』と言ったときと同じです。

文ちゃんは、なにか言いたげに、お姉さまをじっと見つめます。けれどお姉さまは黙ったままです。

しばらくして文ちゃんは矛先《ほこさき》を変えました。わたしに。

「……どういうことなんですか？」

「わたしもよく知らない。でも、どうしても、妹にしてもらわなきゃいけないの」

「あら、怖がらせちゃってた？　もっとかわいがってあげたほうがいいのかしら」

「いいです」

遠慮が半分で、怖いのが半分でした。

「ほら、あんまりかわいがられるのも、怖いでしょう？」

そう言われると、あまり怖くないような気がしてきます。

そのとき突然大きな声で、

「初雪《はつゆき》さんはっ！」

と文ちゃんが言いました。

「ママの――母の妹なんですね？　じゃあ、これからは、『おばさま』ってお呼びします」

筋は通っています。でも、『おばさま』は嫌です。

「そういうときはまず、『お呼びしてもよろしいですか？』ってきくの」

「お呼びします」

母親ゆずりの切れ長の目が、上目づかいにわたしを睨《にら》んでいます。なにか恨まれるようなことをしてしまったのでしょうか。

……しています。

文ちゃんの大好きなママを、ひとりじめできなくしている邪魔者が、わたしです。

わかりました。恨まれてあげましょう。

「よーく聞いて。『お呼びしてもよろしいですか？』。わかった？」

「お呼びします」

「それじゃあ、文ちゃんのことは――」

文《あや》ちゃんを観察して、ちょっと嫌なあだ名になりそうな特徴を探します。でも文ちゃんの顔には、眼鏡もソバカスもありません。黒檀《こくたん》のように黒く、雪のように白く、血のように赤い、まるで白雪姫のような女の子です。

顔ではだめです。でもコタツに入っている今は、肩より下は見えません。なら髪型。さっきのメイド喫茶から連想して、わたしは言いました。

「——『ツインテール』って呼ぶからね」

この髪型は、ああいう世界では大人気なのだと、どこかで聞いた覚えがあります。

でも、わたしの意図は、文ちゃんには通じなかったみたいです。

「素敵なお名前、ありがとうございます、おばさま」

どう聞いても、皮肉には聞こえませんでした。

そのせいでわたしは、自分のしていることが馬鹿馬鹿しくなってきて、笑い出してしまいました。

わたしは文ちゃんの背中を叩《たた》いて、

「大丈夫、あなたのママをとったりしないから」

と、なぐさめのつもりで言うと——文ちゃんの目が、すっ、と冷たくなったような気がしました。

けれど、そのことをどうにかする暇《ひま》もなく、お姉さまが言いました。

「嘘《うそ》つきは泥棒のはじまり」

お姉さまは意地悪です。文ちゃんを怖がらせたくて、こんなことを言うのです。

「じゃあ、泥棒の終わりは、なんなんですか？」

右手の人差し指を、まっすぐ上に向けて、お姉さまは答えます。

「天国」

＊

魔女が死んだあとのお話は、ない。

ちゃっかりと天国にすべりこんでしまう知恵者のお話。目先の欲にとらわれて地獄にゆく欲張り屋のお話。でも、魔女が死んだあと、どんな裁きを受けて、どこへ行くのか、きかせてくれるお話は、ない。

川井愛《かわいめぐみ》にとって天国はどんな場所だろう。

『やがて地獄へ下《くだ》るとき、
そこに待つ父母《ちちはは》や
友人に私《わたし》は何を持つて行かう。

たぶん私は懐《ふところ》から
蒼白《あをざ》め、破れた
蝶の死骸をとり出すだらう。
さうして渡しながら言ふだらう。

一生を
子供のやうに、さみしく
これを追つてゐました、と。』（西條八十《さいじょうやそ》『蝶』）

私はきっと地獄にゆく。
でも川井愛《かわいめぐみ》は天国にゆくのかもしれない。父母《ちちはは》や友人のいない、娘もやってくることのない天国に、ひとりで。

＊

「泥棒は天国に行くんですか？」

「ええ。悪いことさえしなければ、ね」

「でもわたしは泥棒じゃありません」

「そうかしら？」

わたしはいまとても大事なことを聞いているのだと思います。お姉さまの妹になるための、大切な手がかりがある、そんな気がします。

「おばさま、母の言うことをいちいち真に受けちゃだめです。母は人をからかうのが大好きなんです」

なぜだか文《あや》ちゃんはすごく必死です。

「知ってる」

「じゃあ、もっとシャキッとしてください」

「それは、だめ。

本当に大切なことって、冗談でしか言えないこともあると思うの」

文ちゃんはしばらく、瞬《まばた》きもせずに、わたしを見つめていました。

＊

いつもの服がクローゼットにあるだけで、そこは私の領土になる。

クローゼットは、川井愛《かわいめぐみ》が私のために用意してくれた。ニスが飴《あめ》色に輝くアンティーク。ドアくらいの大きさの鏡もくれた。うっかり真夜中にのぞきこんでしまわないよう、寝る前には布をかけて覆《おお》うことにしよう。

宅配便の段ボール箱も片付けて、荷ほどきがすっかり終わると、またラプンツェルごっこを始めたくなる。

居間には川井愛がいて、本を読んでいる。あれは、私が逃げないように見張っている、ということにしよう。ずっとこの部屋にいて、閉じ込められたような気分に浸っていたい。

でも現実は非情だ。私はやむをえず居間に行った。

この家は、物が少ない。我が家は物だらけだ。いまは使わないけれどいずれは使いそうな物、記念品というほどではないけれど思い出があって捨てられない物、そんな中途半端な物ばかり、たくさんある。この家には、そういう中途半端な物がない。

たとえば我が家では、居間のＴＶ台のところに、かわいいものがたくさん置いてある。この家では、なにもない。居間のＴＶ台は、本当にＴＶだけを置く台になっている。

川井愛は、布張りのカウチの上で身体《からだ》を腹ばいに横たえて、本を読んでいる。

私は告げた。

「お腹《なか》がすきました」

「あらあら」

川井愛は、読んでいた本を置いて身体を起こすと、自分の膝《ひざ》を指差して、

「膝枕《まくら》」

「……どうして？」

「どうしても」

魔法をかけるつもりだ。

逆らえない。私は言われたとおりに、川井愛の膝に頭をのせた。

「次はね、デスマスをやめる」

そうだった、と気づく。川井文《あや》がきたときに、デスマス交じりに戻ってしまった。

「じゃあ、初雪《はつゆき》の用事を、もういっぺん」

「お腹がすいた」

それは呪文《じゆもん》だった。魔法が効いてくる。こんな格好でこんなことを言うと、身も心もすっかり川井愛に頼りきっているような気がしてくる。

本気で頼りきってはいけない。きっと、本気にしたら疎《うと》まれる。これはあくまで、ごっこ遊びだ。本気だとは思われないようにしなくては。

でも、お話では、いつも。食べてはいけないと言われたものを食べたり、開けてはいけないと言われた扉を開けたり、してしまう。最初から最後まで我慢をつらぬくお話なんて知らない。とても危なっかしいところに私はいる。

「食べに行くか、出前を取るか、材料を買ってきてうちで作るか。どれがいい？」

「お姉さまはお料理できるの？」

「ちょっとだけ」

「うちで作るのがいい。わたしが作るから、お姉さまも手伝って」

「お料理か。ひさしぶりだな」

そうつぶやいて、川井愛《かわいめぐみ》は私の頭をなでる。

「お料理するの、嫌い？」

「食べるのが自分ひとりだと、つまらないでしょう」

本気にしてはいけないと思ったすぐそばから、私はもう半分くらい、本気になっている。魔法にかかった、緩んだ気持ちのまま、私は何気なく尋《たず》ねてしまう。

「お姉さまはどうして離婚したの？」

「あらあら」

頭をなでる手が、ぴたりと止まった。

「初雪《はつゆき》は、えらいな。文《あや》は、そういうこと、まだいっぺんも言わないのに。

——買い物に行きましょう」

その夜はもう、家族の話は、ひとことも出なかった。

夢の論理は、隠喩《いんゆ》と共感でできている。その語彙《ごい》は、真偽《しんぎ》と推論でできた語彙とは欠片《かけら》も重ならない。

ラプンツェル、和名は野萵苣《のぢしゃ》、オミナエシ科の食用の一年草、ヨーロッパ原産。

夢の語彙ではそれは、グリム童話の第十二番、『ラプンツェル』。

＊

昔々あるところに魔女がいた。魔女は畑に野萵苣を栽培していた。魔女の隣家は、まだ子のない夫婦だった。あるとき、その妻が妊娠して、「野萵苣を食べたい」という強い衝動に駆られた。夫は、魔女の畑から野萵苣を盗んで妻に与えたが、それを魔女に見咎《みとが》められた。魔女は妻の出産を待ち、生まれた娘を盗みの代償として奪い取った。

娘が十二歳になったとき、魔女は森のなかの高い塔の上に、娘を閉じ込めた。この塔の部屋には、窓はあったが出入り口はなかった。娘は髪を長く伸ばしていて、塔の窓からその髪を垂らすと地面に届いた。魔女が娘に会うときには、髪を垂らすようにと下から呼びかけ、垂らされた髪をつたって塔に登った。

娘はよく歌を歌った。あるとき王子が塔のそばを通りかかり、その歌声を耳にして恋に落ちた。王子は塔に登る方法を調べて、魔女のやりかたを知り、同じ方法を使って塔の部屋に入り込んだ。娘はそれまで男を見たことがなかったが、王子を見て恋に落ちた。王子は夜毎《よごと》に娘の部屋に通うようになった。

そのうち魔女は事の次第に気づいて怒り、娘の髪を切って荒野に追放した。その夜、王子は娘の髪をつたって塔を登ったが、待っていたのは魔女だった。王子は塔から飛び降り、その怪我《けが》で視力を失った。王子は森のなかをさまよって泣き暮らした。

娘は王子の子を身ごもっており、荒野で産み育てた。数年後、王子はさまようちに荒野に入り込み、娘と再会した。娘が涙を流し、その涙が王子の目をぬらすと、王子は視力を取り戻した。王子は娘と子を連れて城に戻り、幸せに暮らした。


この粗筋《あらすじ》には、夢の語彙《ごい》としての機能が著《いちじる》しく乏《とぼ》しい。

夫婦の家の裏側には小さな窓がひとつあって、そこから魔女の畑が見えたこと。その畑が立派で、背の高い塀で囲まれていたこと。妻はその窓から畑を見て、野萵苣《のぢしゃ》への食欲を感じたこと。魔女が夫に、娘は大切にすると約束したこと——

真偽《しんぎ》と推論でできた語彙では、こうしたことは細部と呼ばれ、粗筋では切り捨てられる。隠喩《いんゆ》と共感でできた語彙では、こうしたことこそが事物をつなぎ、表わし、明らかにする。

幼い日に聞かされた物語のうろ覚えの細部は、夢の論理につながっている。

四日目

わたしの通う学校は、渋谷星栄《しぶやせいえい》です。

渋谷といっても、渋谷駅のそばにあるわけもなく。広い渋谷区のはしっこに、ぎりぎりひっかかっているだけです。井の頭線の最寄り駅まで、徒歩で七分。この駅からは、電車をひとつ乗り換えて、お姉さまのお店へゆきます。

学校の帰り道は、途中までは友達と一緒です。最寄り駅までの道を歩きながら、

「つゆのおうちって、工場の上にあるんだよね」

『はつゆき』の真ん中二文字をとって、わたしのあだ名は『つゆ』です。

「あーはい私、行ったことある。いまリフォームしてるんだよね、あそこ。どんなふうに変えるの？」

「うちよりも、下の工場なんだけど。アスベストを除去して、別の断熱材を入れるだけ」

わたしの帰る先が変わったことを、学校や友達には、こうやって言い訳しています。お姉さまのことは、母の友人ということにしてあります。

「アスベストって、なんだっけ？」

「なんか、古い倉庫とかに使ってある、ヤバいやつでしょ？　昔はよく使ってたけど、発ガン性でヤバいってわかったから、いま除去してるやつ」

「昔はよく使ってたってことは、なんかの役に立ってたんだよね」

「だろうねえ」

お姉ちゃんに教えられたことを、わたしは披露します。

「建物に使うアスベストは、断熱材」

「『別の断熱材を入れる』って、つゆがさっき言ってたやん」

「それ、あんたも聞いてたやん」

そのときでした。

遠くから、ハーモニカの音色。曲は『Sing Sing Sing』。

わたしは立ち止まって、

「ごめん、今日ちょっと郵便局いかなきゃだったの。また明日ね」

近くの郵便局は、ここからちょっと引き返した通りにあります。

「なに、つきあうよ?」

「いいから行っちゃってて」

「内緒かあ。コミケの申し込みだな」

「つゆ、ああいうの好きっぽいしね」

わたしは、息が苦しくなるほど期待しながら、いまきた道を引き返して、通りを曲がり――

見慣れたコンバーチブルのクーペ。この寒さなのに、幌《ほろ》はしまったままです。

ハーモニカは、クロマチックハーモニカ。小学校で使うハーモニカとはちがう、吹くだけでなくレバーで操作する、厚くて重たい楽器です。

吸いこまれそうに黒いマントのなかに。

お姉ちゃんが、います。

「来ちゃった」

悩み事のありそうな、あいまいな笑顔で、お姉ちゃんは言いました。

わたしは返事もできないまま、お姉ちゃんを抱きしめます。

「送ってくよ。乗って」

助手席には毛布が置いてあります。わたしはそれをコートの上からかぶって、少しでも風をさえぎります。お姉ちゃんは、いつものとおり滑るようにふわりと、車を発進させました。

「朝霞《あさか》のMPのボスが、おとといの朝一番で座間《ざま》に行ったきり、戻ってこない」

お姉ちゃんの本業は、在日米軍基地内の地下組織です。

この組織は、税務署や警察に内緒のお金を隠していて、表には出せないことのために貸し借りしているようです。このあいだ姉が約束のときに言っていた『近藤紡株《こんどうぼう》』というのも、表に出せないことなのでしょう。お金だけでなく、組織のひとたちの腕も、貸し借りしているようです。世の中には、表に出せないことがたくさんあるらしく、姉はしょっちゅう忙しくしています。

MPは、米軍内部で起こる犯罪を取り締まる、軍隊内警察です。お姉ちゃんのようなひとを取り締まるのも、お仕事のうちです。

「陸軍の特殊部隊が一個小隊、フォート・ブラッグから座間にきた。これが、おとといの夜。昨日の昼くらいから、物騒《ぶっそう》な連中がうちのまわりに張りついてる。賃貸マンションの家ん中に、砂袋を積んで陣地構築するような連中。うちでドンパチやるほどイカレちゃいないっての。誰かが上で動いてる。この修羅場《しゅらば》の真っ最中に、右も左もわかってない連中を放り込むようなデタラメな奴《やつ》がね。なにをやらかすか知れたもんじゃない。

――初雪《はつゆき》、ごめん。

ときどきはうちに帰れるはず、って言ったけど、あれ嘘《うそ》だった。しばらくうちに帰らないで」

「わかった」

「もうひとつ。

もし私と連絡がつかなくなったら、ずっと川井《かわい》さんのところにいて。それが一番安全」

まるで遺言です。お姉ちゃんが、こんなことを言うだなんて。

「ずっと、って、いつまで？」

「初雪が、私のことを好きでいてくれるあいだ」

「お姉さまに捨てられるほうが先」

「……かもね」

その一言がなんだかとても重たくて、耳に残りました。わたしは泣きたいほど追い詰められた気持ちになって、

「おといって、わたしがお姉さまのところに行った日だよ？　これって偶然？」

お姉さまは、わたしを人質にとっているのかもしれません。

お姉ちゃんは、わたしを奪い返すだけなら簡単です。でもそうしたら、わたしをお姉さまのところに行かせた、あの約束が反故《ほご》になります。お姉さまは、右手であの約束をしておいて、左手でお姉ちゃんを困らせているのかもしれません。

それは当然お姉ちゃんも考えていることのはずなのに、お姉ちゃんは、わざとごまかしました。

「初雪《はつゆき》はどう思う？

あんたを家に帰さないために、こんな馬鹿騒ぎをやらかすようなひとだと思う？　あの川井《かわい》さんが」

わたしを家に帰さないために、というのは冗談で、わたしを笑わせようとしているのでしょう。

「思う」

お姉ちゃんに笑ってほしくて言ったのに、笑ってくれませんでした。

「たぶん正解。——そのぶんだと、うまくやってるみたいね。安心した」

お姉ちゃんの顔が白いのは、冬の風にさらされているせいだけでしょうか。

五日目

ラプンツェルごっこをする。

ここは迷宮のような穴蔵のなか。障子《しょうじ》をひとつ挟んだ向こうで、魔女が私のことを見張っている。

「学校の帰りに、友達と遊んでこないの？」と魔女にきかれた。そんなに毎日遊んでばかりの友達なんていない。「習い事は？　塾は？」ともきかれた。英会話を習っている先生がいま一時帰国中で、授業もお休み中だ。

初めてここにきてラプンツェルごっこをしたときよりも、私は魔女のことをよく知っていて、魔女も私のことをよく知っている。

このほうがいい。ラプンツェルは、自分を育ててくれた魔女のことを、よく知っていたはずだ。これから生まれてくる赤ん坊を欲しがった魔女。食べるでもなく、こき使うでもなく、自分の娘同様に大切に育てた魔女。

ラプンツェルは魔女のことが好きだったのか、それとも嫌っていたのか。恐れていたのか、あなどっていたのか。お話は教えてくれない。

きっとラプンツェルは、そんな感情を持たなかったと思う。ラプンツェルは、生まれてからずっと、魔女以外のひとを知らずにいた。ほかにひとを知らないのに、好き嫌いがあるとは思えない。

なら私も、そんなふうになろう。この障子の向こうにいる魔女のほかに、誰もひとを知らない、そう思うことにしよう。

ラプンツェルは、高い塔の上で、ずっと暮らしてきた。自分の住処《すみか》のことは、よく知っていたはずだ。でも私はこの穴蔵のことをあまりよく知らない。

空想するのは、おとといやったから、もういい。今日は、実物を見る。

襖《ふすま》を開けると、そこは裏口だ。曇りガラスのはまった引き戸だけは、おとといい出前がきたときに目に入ったから知っている。天井を見る。節穴《ふしあな》だらけの板張り。床を見る。これも板張り。

裏口の明かりは、天井から吊るした裸電球だ。壁には、おままごとの道具のように小さな流し台がある。蛇口はアンティークで、めっきが剝《は》げて真鍮《しんちゅう》の色がのぞいている。

二階への階段がある。まるで梯子《はしご》のように急で、踏み面の真ん中あたりが少しへこんでいる。あまりにも急なので、よつんばいになって登る。階段には埃《ほこり》がうっすらと積もっていて、指についた。二階は使っていないらしい。

階段を上がりきったところに、襖がある。

秘密の部屋。

なにがあるのだろう。開けてしまうのがもったいない。閉まった襖の前で、私は空想しはじめる。

お話では、秘密の部屋をのぞきたくてたまらない主人公が、のぞきたいのを我慢したあげく、とうとう我慢できなくなって、開けてしまう。その部屋の床には血が溜《た》まっていて、壁には死体が並んでいる。

川井愛《かわいめぐみ》なら、どんな秘密を隠しているだろう。

青ひげのお話のような、怖い秘密を考えてみる。

もし、部屋の真ん中に、大きな冷蔵庫が置いてあったら——なにもかもおしまいだ。ここに上がるとき、階段の埃《ほこり》に触ってしまった。それは金の鍵《かぎ》から染み出る血のように、ぬぐいきれない証拠になってしまう。

悲しい秘密を考えてみる。

もし、川井文《あや》に似合いそうな子供服が、マネキンに着せてあったら——どうやってなぐさめよう。でも、なぐさめようがない。世界じゅうの誰も、川井文のかわりにはなれない。だから、そうだ、川井文に教えてあげよう。今度あの子がこのお店にきたときには、この部屋に通してあげて、子供服を見せてあげよう。

恥ずかしい秘密を考えてみる。

昔のアイドルの、CDやDVD。川井愛が何歳なのか知らないけれど、光《ひかる》GENJIくらいの年かもしれない。もしそうだったら、中身を調べてみよう。見てしまったことは黙っていよう。

そうやって、思いつくかぎりの秘密を思い描いてから、私はついに、その襖を開いた。

＊

なにもありません。

ただの空き部屋です。

それはそうです。階段には埃が積もっていました。

でも、この部屋にはやっぱり、お姉さまの秘密があります。

わたしは一階に降り、障子《しょうじ》を開けます。お姉さまは、店番をしながら、本を読んでいました。

「どうしたの？」

お店にはお客さんはいません。

「……なんでもない」

まともに正面からすがりつくのは恥ずかしすぎます。だから、わたしはくるりと後ろを向いて、お姉さまに背中でもたれかかりました。

思い出してみれば、きのうの夜も、おとといの夜も、お姉さまは本を読んでいました。店番をするときにも読んでいます。

でも、お姉さまの家には、本棚がありません。

本棚だけではなく。お姉さまの家には、いま現在の暮らしに必要なものしかありません。思い出がこもっていそうなものが、ひとつも見当たらないのです。そう考えると、お姉さまが文《あや》ちゃんと離れ離れに暮らしていることも、なにか意味深《いみしん》に思えてきます。

「こら」

お店の邪魔をしているわたしを、お姉さまが叱《しか》ります。でもいまは、叱られてもいいから、お姉さまにかまってほしいのです。

お姉さまは、わたしの肩をつかんで引き寄せて、お互いの顔を間近に向き合わせます。

わたしは、たぶん、ふてくされたような顔をしています。お姉さまは、ちょっと首を傾《かし》げて微笑《ほほえ》んで、そのまま――

それはくちづけのお話です。

昔あるところに女の子がいました。恋人とのくちづけが気になるお年頃でした。最高のくちづけがしたい、と女の子は考えました。途中経過は省略して結論。最高のくちづけ、それは、くちづけのことだけを考えてするくちづけだったのです。

だから、こんなお話を思い出しているわたしは、最高のくちづけをしているとはいえません。

それに、初めてでもありません。お姉ちゃんがふざけてしたことが、何度もあります。お姉ちゃんとわたしは口が大きめで、お姉さまは普通なのですけれど、こうして使うときには、大きさのちがいは感じないものです。激しいくちづけなら、ちがいを感じるのでしょうか。

終わると。

わたしは座ったままあとずさりして、奥の部屋に入り、障子《しょうじ》を閉めました。閉める瞬間は、お互いに笑顔で。

寒いので、コタツに入ります。

頭がぼけっとして、なにも考えがまとまりません。どうしてでしょう。

考えて考えて、やっとわかりました。

わたしの胸が、どきどきしているからです。

六日目

朝はパスタかライ麦パンと決まっている。川井愛《かわいめぐみ》がそう決めている。

どうしてかと尋《たず》ねたら、「身体《からだ》を動かす前に血糖値を上げると、あとでだるくなるの」。わけがわからなかったので、どういうことかと尋ねたら、五分くらいかけて説明された。それで、わかったこと――川井愛はダイエットに詳しい。きっとこれも魔法の下地だ。栄養不良の小太りの姿では、ろくな魔法が使えない。

けさはパスタにした。スパゲティのカルボナーラ。

「お料理する人って、計画性がすごいと思うの。たとえばね。明日なにを食べたいかなんて、わかんないじゃない？　でも、明日の朝の食材は、今日のうちに買わないといけないでしょう」

「食べたいものっていっても、無条件に選べるわけじゃないもの。卵が冷蔵庫にあったら、それを使わなきゃだし。野菜もそう。冷蔵庫のなかにあるものを無駄にしないように、って条件がつくから、あんまり選べない」

「それそれ、そういう計算も、計画性がないとね。私はできないの、それ。……お料理だけなら、できるのよ？」

たしかに昨日は、じゃがいもの皮を上手にむいてくれた。ただ、できあがりは綺麗《きれい》だったけれど、すごく時間がかかっていた。

いつもなら私は、朝食のあとはすぐ学校にゆく。でも今日は日曜日だ。

この家にきてから初めての日曜日を、どう過ごせばいいのか、わからない。うちでは、ＴＶを見ながら、だらだらと過ごしていた。

考えて、やっぱりＴＶを見ることにする。居間のカウチに腰かけて、ワイドショーを見る。今日は千葉で総選挙があるという。そのせいで昨日の夜には、旧江戸川区《えどがわ》の警察署が襲撃され、千葉内務省軍が出動したという。ワイドショーが旧江戸川区のことを報道するときには、レポーターはいつも木根川橋《きねがわばし》の西のたもとから中継する。荒川《あらかわ》国境にかかる橋のなかでは、一番細くてぼろっちくて、いかにも国境らしい感じがするから、この橋が選ばれているらしい。姉がそう言っていた。確かに、高速道路ではあまり国境らしくない。

姉にいわせれば、旧江戸川区――あちらでは「西千葉」と呼ぶらしい――といったって普通に住めるところで、危険な場所は見るからに危険とわかるという。でも、千葉びいきの姉の言うことだから、あまり当てにはならない。姉は千葉国王にも会ったことがあるという。でも、その千葉国王というのが一体なんなのか、私はよく知らない。

千葉の総選挙の話題が終わり、ＣＭになったところで、私の隣に川井愛が座った。カウチが沈み込んで、膝《ひざ》が触れあう。

川井愛が尋ねる、

「今日はずっと、うちにいるの？」

「なんにも決めてない」

「それじゃあ、一緒に行きましょう?」

それで私は川井愛《かわいめぐみ》についてゆくことにした。

行き先は、フィットネスクラブだった。女性専用で、朝七時から開いている、と入り口に書いてある。

川井愛は手始めに、トレッドミルでウォーミングアップをする。耳に心拍計をつけて、心拍数を見ながら、ゆっくりとスピードを上げていく。私も、川井愛の隣のマシンで、同じようにする。

目標の心拍数になったところで、川井愛の足元を見ると、私よりずっと速い。学校の体育でしか運動しないのはまずいかも、と思えてくる。

続いて、ローイングマシン。川井愛はすいすい漕《こ》ぐのに、私は手足の動きがばらばらで、漕ぐというより、もがくような格好になってしまう。やっと少し慣れてきたと思ったら、心拍計がピーッと鳴って、ペースダウンを指示してくる。

なんとかペースをつかむと、退屈になってくる。退屈しのぎに、隣の川井愛を眺める。

頰《ほお》を上気させて、すいすいとリズミカルに漕いでいる。たおやかな肩と腰が、見かけよりもずっと力強い。それが目に快くて、首が痛くなるまでしばらく見とれてしまった。

痛くなった首を回していると、視線を感じて、隣を見る。川井愛が私を見ている。

川井愛は、ローイングの手を休めてハンドルから片手を離し、リップを指で塗るときのように、唇を人差し指でなぞってみせた。

昨日の——。

ローイングに集中しようとした。けれどどうしても、頭から離れない。肩をつかまれて引き寄せられたときの温かさ、唇の感触、それに、くちづけを受け入れた私の気持ち。

もしTVでも見ていたら、もしなにか気のまぎれることがあったら、違っていたと思う。けれどここにはそういうものはなにもなくて、それから二十分間、黙々とローイングするあいだ、そのことばかり考えていた。

「次はストレッチ」

学校のよりも新しくて上等そうなマットの上で、背中を押したり押されたり、手を引っ張ったり引っ張られたりする。

そうやっていて、もし変な気持ちになったらどうしよう、と恐れていた。川井愛になにかを求めたりしたくない。それもそんな大変なことを。でも別になにも感じなかったので、ほっとする。

でも、求めたくはないけれど、求められるのは嫌じゃない。

もしかするとそれは川井愛も同じなのかもしれない。あれは、私がかまってほしがったから、それに応《こた》えてくれたのかもしれない。

七日目

学校から帰ると。

弦楽器の音。チェロ。生演奏。曲は、バッハの無伴奏チェロ組曲、第一番の前奏曲。

お姉さまのお店から聞こえてきます。

お店の前で、ちょっと立ち止まって、空想します。お姉さまが弾いているのでしょうか。おうちにも、お店にも、チェロのケースなんか見当たりませんでした。あんな大きなもの、机の引き出しなんかにはしまってはおけません。どこかから借りてきたのでしょうか。ありそうな気がします。お姉さまなら楽器のひとつくらい嗜《たしな》んでいそうです。

それとも、誰かがお店にきて弾いているのでしょうか。お姉さまのお友達？　なんだか想像がつきません。なら、文《あや》ちゃん。そうかもしれません。あの小さな身体《からだ》で、大きなチェロと取っ組みあっているのかと思うと、もうそれだけで楽しくなってきます。

あんまり空想ばかりしていると、曲が終わってしまいます。わたしはお店に入りました。

正解は、文ちゃんでした。奥のレジのところに腰かけて、小さな身体に大きなチェロを抱えて、気持ちよさそうに弾いています。文ちゃんの隣、レジの前には、お姉さまです。

「あら、ソロコンサート？」

「おばさま」

曲が止まってしまいました。

「どうしたの、続けて？」

文ちゃんは、覚悟を決めたように唇を真一文字《まいちもんじ》にひきむすんで、曲の続きに取りかかりました。

レジのところに座れるのは二人までなので、レジの横に置いてあるスツールに腰かけて、小さなチェリストの演奏に耳を傾けます。ヨーヨー・マのようにはいかなくても、これといっておかしなところもなく、ちゃんと音楽になっています。

曲が終わると、お姉さまと二人で、拍手です。文ちゃんはお辞儀をして、それがまた演奏と同じくらい、さまになっています。やっぱりお姫さまです。

「びっくりした。本格的にやってるんだ。何歳からやってるの？」

「九歳からです。手がちょっと器用なだけです」

「小さいうちからチェロを習うのって珍しいと思うんだけど、どう？　小さい子が習う弦楽器って、みんなバイオリンじゃない？」

「私の通ってる教室だと、小学生でチェロを習ってるのは私だけです。ほかは知りませんけど」

そうしてしばらく音楽のことを話していると、お姉さまが、

「初雪《はつゆき》、奥に上がって。文ちゃんもね」

コートを脱いでハンガーにかけると、文ちゃんが電気ポットをつかんで、

「私、お茶いれてきます」

と、裏口の流し台にゆこうとしました。小さくても女の子している文ちゃんに、ちょっと気が

ひけてしまいます。わたしはぼんやりしていて、こういうことにちっとも気が利きません。

そこへ障子《しょうじ》の向こうから、お姉さまが言いました。

「そうそう、今日はアルバイトの子がくるから、夕ご飯はおうちで食べられるんだ。初雪《はつゆき》はなにが食べたい？」

どうやらお姉さまは、きょうの夕ご飯も、作るつもりです。

昨日の晩のことです。わたしは、お姉さまの作ったご飯を、初めて食べました。どんなご飯だったか、思い出したくもありません。でも思い出してしまいます。『お魚を焼くのって難しいのね』――勉強なさるのは結構ですけれど、わたしを巻き込まないでください。

「お姉さまが作れそうなものでいい」

今晩もまたあんな目にあうのかと思うとつらいし、文《あや》ちゃんの前で『お姉さま』なんて言うのも恥ずかしいしで、眉間《みけん》にシワが寄ってしまいます。

「女子三日会わざれば刮目《かつもく》して見るべし。勉強したんだから、本で」

昨日、『お魚を焼くのって難しいのね』とつぶやいたばかりのひととは思えない言い草です。魚の焼き加減なんかが、本を読んでわかるものでしょうか。

「畳の上の水練。それに三日も経ってない」

「家政学をなめてるでしょう。暗黙知《あんもくち》を科学の言葉にする学問なのよ？」

「ご飯が作れなくても、本のせいにしないでね」

「じゃあ、初雪《はつゆき》のせいにしようっと」

「好きにして」

ふとわたしは、文ちゃんの様子が気になりました。さっきお茶をいれようとしたのに、足をとめたまま、お姉さまとわたしの言うことを聞いています。

「私はお買い物してくるから、初雪は店番お願いね」

「はい」

わたしはレジの前に座りました。お姉さまは小さく手を振りながら、お店を出てゆきました。背中の障子が開いて閉じて、文ちゃんが隣に座ります。さっきの話の続きをしようとしたら、お姉さまと入れちがいに、お客さんがきました。わたしはお姉さまの読んでいた本を開いてみます。タイトルは『和食の技術』、第一巻。このお店の本ですから、古くて分厚いです。このお店にはＢＧＭがないし、ドアや壁が厚いので、静かにしていると本当に静かです。

しばらくしてお客さんが帰りました。わたしはさっきの続きで、

「音楽できるって、うらやましいな。わたしはなんにもできないけど、姉はハーモニカ吹くんだ。……ああ、姉っていうのは、わたしの実の姉のこと」

「実のお姉さまがいらっしゃる――いるの？　このあいだはそんなこと言ってなかったのに」

文ちゃんが突然デスマスをやめました。それも、思わずではなく、わざと。なにか理由がありそうです。

さっきのお客さんのせい、とは思えません。文《あや》ちゃんがさっきまで読んでいた本はと思って覗《のぞ》いてみたら、『憲法判例を読む』。関係なさそうです。とするとやはり、お姉さまとわたしがしゃべったことが原因のようです。

このあいだ文ちゃんがきたときには、お姉さまとはデスマスでしゃべりました。さっきは普通にしゃべりました。だから文ちゃんも真似したくなったのでしょうか。気持ちはわかります。

「お姉さまの前でそんなこと言ったら、お姉さまが嘘《うそ》の姉みたいじゃない」

と言ってしまってから、ちょっと後悔します。嘘の姉だなんて。でも、嘘だからいけない、なんてことはないはずです。お話はみんな、嘘だけれど素敵です。

「嘘の姉なの？」

「嘘じゃいけない？」

「――いいと思う」

「じゃあ、わたしの実の姉のことだけど。

あなたはよくここに来てるんでしょう？　会ったことないかな。わたしより十歳くらい上で、すごく元気な人」

「会ってない」

「きっともうじき会えるよ」

会えるはずです。わたしがこんなに会いたいのですから、きっとすぐにでも、ここにきてくれます。そうしたら文ちゃんも会えるはずです。きっと、すぐにでも。

　お姉ちゃんのことを思っていたら、突然、文ちゃんが叫びました。

「それより！」

　どうしたのでしょう、わたしを睨《にら》んでいます。唇をへの字にして、上目づかいに、わたしを睨《にら》んでいます。

「──それより？」

「携帯買ったの」

　文ちゃんはカバンから携帯を取り出してみせました。

「へー、高いの買ったんだ。……何このクマ？」

　携帯の外側に、クマが描いてあります。目つきの悪い、かわいいというより憎たらしいクマです。

「知らない？　スリーピーベア。いまうちの学校で流行《はや》ってるの」

「ふーん……」

　スリーピーベア？　初耳です。スリーピーというからには、もしかしてこの目つきは、寝ぼけ眼《まなこ》なのでしょうか。

「いま携帯の使い方、練習してるんだ」

「難しいよね」

「メールの練習したいんだけど、私の友達、まだ誰も携帯持ってないから、相手がいないの」

なんだか棒読みで早口で、下手なお芝居みたいな声でした。

デスマスの件といい、今度といい。どうやら、これは、あれでしょうか。試してみましょう。

「わたしに打ちたい？　いいよ。アドレス見せて」

メールの文面は、『ツインテール殿／このメールの差出人をアドレス帳に登録しましょう。登録したら、アドレス帳からわたしにメールを送ってみましょう。／Love, 佐藤《さとう》初雪《はつゆき》☃』。最後の『Love』がポイントです。

届いたメールを開くと、文《あや》ちゃんは。

目を丸くして、手を震わせています。

これは、やっぱり。

「英語だと、家族に出す手紙には、最後にLoveって書くの。決まり文句」

「おばさまってレズでロリコンなのかと思った」

責めるように文ちゃんがまくしたてました。

はい、わたしは文ちゃんに悪いことをしました。責められるのが当たり前です。ごめんなさい。でもそのかわり、いいこともするので、赦《ゆる》してください。

いいことも悪いことも、なにもされないのが、一番つらいと思うのです。

「ん？　おだてても何も出ないよ？」

「けなしてんのよ」

「いえいえ、それほどでも」

「人の話を聞け」

　さっそく、いいことをしようと思います。

　わたしは思わせぶりに、文ちゃんの顔を、じっと見つめました。

「……なによ」

「聞いてるよ、ちゃんと」

　文ちゃんは、もとから赤い頬《ほお》をさらに真っ赤にして、うつむきました。

「ほら、そっちからメール打って」

　文ちゃんはしばらく携帯をぎこちない手つきでいじってから、最後に得意そうにボタンを押しました。わたしの携帯にメールが届きます。文面は、『おばさま／またメールする／Love, 川井文《かわい》』。

「次のも、『またメールする』だったら面白いな」

　文ちゃんにとってはきっと、メールの内容よりも、わたしにメールを打つことのほうが、大事なのですから。

＊

夜には、ラプンツェルごっこをする。

夕ご飯はもう済ませた。鱈《たら》とお豆腐の鍋。川井愛《かわいめぐみ》が作った。普通の出来栄えだった。川井愛はどんどん料理が上手になっている。といっても、揚げ物や炒《いた》め物や焼き魚はやらない。上手になったというのは、難しいものを避けることを覚えただけかもしれない。

夕ご飯のあとは、私は自分の部屋へ。川井愛は居間のカウチに寝そべって本を読む。私は自分の部屋で、ベッドにうつぶせになって、ラプンツェルごっこをする。

空想する――

川井愛が居間で本を読むのは、私が逃げないように見張るためだ。私が生まれたときからずっとそうなので、私は川井愛のほかに人間をひとりも知らない。

ほかに人間をひとりも知らない私が、川井愛に唇を許しても、ちっともおかしくない。

そう、私はおかしくない。

でも川井愛は。どんなつもりで私と。

それとも。私が考えすぎなのかもしれない。川井愛はなにも考えず、面白半分でやってみただけなのかもしれない。あんな大きな子供までいる大人なのだから、ほんの軽い冗談のつもりで、唇を奪うことくらいできるのかもしれない。

だとしたら。こんなことをいつまでも、くよくよ考えている私は？

そうだ、おかしいのは。

川井愛ではなく、あのとき唇を許した私でもなく、こんなことを考えている今の私。

忘れよう。


ベッドにうつぶせになったまま、忘れようとがんばっているところに、携帯にメールがきた。姉からかと思って飛びつく。あらかじめ、『電話はかけない。そっちからかけるのも禁止』と言われていたけれど、メールを出さないとは言われなかった。

差出人は――川井文《あや》。

そうだ、この子のことを考えよう。ここにきてからというもの、川井愛とばかり顔を突き合わせて、川井愛のことばかり考えている。ほかのひとに目を向けよう。川井文の気持ちを、わかろうとしてみよう。

そう決めて、メールを開くと。

『こんばんは。

おばさまはどうして母の妹になったの？　母と知りあったときのこととか教えて。母のことを悪く言っても怒らないから。

Love, 川井文
追伸　帰りに葉桜《はざくら》さんに車で送っていただきました』

わかろうと、努力するまでもなかった。『母のことを悪く言っても怒らないから』——わざわざこんな許可を与えるのは、許可がなければ怒る、ということ。川《かわ》井《い》文《あや》がどれほど母親のことを、誇りにして、愛しているか。胸が痛む。

そして、姉の消息。姉は生きている。私のことを気にかけて、様子を知ろうとしてくれている。

返信を書く。川井文の気持ちに触れるように、けれど踏み込まないように。

『前略ツインテール殿

姉は見てのとおり変人☆ですが、あまり害はありません。面白がってあげて♥

愛《めぐみ》さんの妹になったのは、姉の仕事を手伝うためです。面倒くさい（＞＿＜）ので成り行きは省くけど、言いだしたのは愛さん。姉がわたしのことをいつも愛さんに自慢してたら、「そんなにかわいい妹なら私も欲しい」だって。

おやすみなさい。

Love, 佐藤初雪《さとうはつゆき》☃』

成り行きはわざと脚色した。魔女の心の動きを推《お》し量《はか》るのは難しい。

メールを送信する最後のボタンを、念力をこめて押す。それで文面が変わるわけでもないのに。でも、この瞬間が一番、気持ちが通じているような気がする。

送信してしまうと、自分の書いた文面がとたんによそよそしくなって、不安になる。川井文に会って、気持ちを伝えたくなる。

川井文からのメールを、もう一度開いてみる。

どうして川井愛は離婚してしまったのだろう。

前に尋《たず》ねたときには。『初雪は、えらいな。文は、そういうこと、まだいっぺんも言わないのに』。そして答えてくれなかった。

もう一度、尋ねよう。私が川井愛の妹だというなら、知っていいはず。好奇心からではなく、裁くためでもなく、いたわるために、知りたい。

尋ねよう――でも、いますぐには、その勇気が出てこない。勇気だけでなく、いろいろなものが足りない。川井愛のことを好きな気持ちが、まだ足りない。

もう唇のことは気にならない。あれはきっと、好きな気持ちが足りれば、整理のつくこと。

川井愛のことを、もっと好きになろう。

でも――

もし私が自由だったら、姉を背負っていなかったら、こんな努力をしているだろうか。

わからない。

八日目

スリーピーベア。

文《あや》ちゃんの携帯に描いてあった、あれです。

言われて意識してみると、いろいろなところで見かけるクマでした。知らない学校の女の子が、小さなぬいぐるみをカバンにつけていたり。通勤中の大人の女性が、携帯のストラップにしていたり。

学校の帰りに友達に尋《たず》ねてみると、みんな知っていました。わたしのまわりでは流行《はや》っていないだけで、みんな知ってはいました。いつのまにかわたしは取り残されていたのです。

でもこういうのは、いつものことなので、慣れっこです。世の中は、わたしよりも速く回っていて、ぜんぜん追いつけません。

お店に着いてすぐに、

「お姉さまは、スリーピーベアって知ってる?」

と尋ねると、

「初雪《はつゆき》は知ってるの?」

「知らなかった」

「じゃあ、私も知らなかった」

「いまは?」

「知ってる」

いつものはぐらかしです。

「何色か知ってる？」

「茶色」

当たりです。

「吊り目？　垂れ目？」

「垂れ目」

またまた当たりです。わたしはもう問題を思いつかなくて、

「それじゃあ、えーと……」

「文がこのごろお気に入りの、あれでしょう？」

それをきいて、わたしは嬉《うれ》しくなりました。まるで、おいしいご飯を食べたときみたいに。

お姉さまは、文ちゃんのことを、よく見ているのです。

「あの子になにか、おねだりされた？　あげちゃだめ。くせになるから」

くせになるから——わたしの痛いところを突かれた気がして、息を飲みました。わたしはお姉ちゃんに、おねだりしまくり、もらいまくりです。おねだりが効かないお姉ちゃんなんて、想像もつきません。こんなのはあまりよくない気がします。

「おねだりなんて、されてない。

お姉さまは、文ちゃんになにもあげないの？」

「お年玉だけ」

でも文《あや》ちゃんはお姉さまに会いにくるのです。

「電車賃くらいあげればいいのに」

このあいだ話した感じだと、文ちゃんはあまりお小遣いをもらっていません。文ちゃんの学校からここまで来るには、往復で三百円ちかく要《い》るはずです。

「好きな人のところには、自分の力で会いに行くものよ」

それはそうかもしれない、と思ってから。

疑問を思いついて。口に出さずに、飲み込みます。もし口に出してしまったら、怖いことを聞かされそうで。

——お姉さまは、文ちゃんに会いに行ったことがあるの？

*

今夜はラプンツェルごっこはしない。

自分の部屋で、ベッドにうつぶせになって、携帯を手元に置いて、川井文《かわい》からのメールを待ちながら。

姉のことを思う。

私は姉につくられた。

姉のことを気にかけて、からかって、頼りにして、馬鹿にして、待って、待たせて、傷つけて、抱きしめて、愛するように。

だから私はそうしている。まるで、姉の言いつけに従う妹のように忠実に。

でも私は姉に会いに行ったことがあるだろうか。

川井文が、貴重な放課後とお小遣いを投じて母親に会いにゆくように、私は姉に会いに行ったことがあるだろうか。

……ない。

なら今すぐに。もう一週間ちかくも会っていない。居場所は知らないけれど、携帯にかければいい。いま携帯にかけるのは、姉に禁止されているけれど、きっと出てくれるし、教えてくれる。

かけよう。

携帯の電話帳を開いて、姉の番号を開いて——最後のボタンで、思いとどまる。

こうやって姉に会っても、自分の力で会いに行ったことにはならない。もし私が会いたいと言ったら、きっと姉はここまできてくれる。自分の力で行きたいと言っても、姉は待っていてくれる。それでは足りない。私を待っていない姉のところへ、押しかけたい。

とすると、姉の居場所も、私の力で調べなければ。調べる方法は、ひとつだけ心当たりがある。

私はベッドから起き上がって居間に行った。いつものとおり魔女はカウチに横たわって本を読んでいる。料理の本だった。なにがそんなに楽しいのか、鼻歌でも歌いそうなくらい微笑《ほほえ》んでいる。

私は魔女に願い事をした。

「お姉さま、教えて。

私の姉は、いまどこにいるの？」

魔女は本のページから目を上げ、私を値踏みするように睨《にら》んでから、

「ここ」

と、自分自身を指差した。

「葉桜《はざくら》は？」

「携帯、つながらない？」

「会いたいって言ったら、きっとこっちにきちゃう。自分の力で会いに行きたい」

「好きな人のところには、自分の力で会いに行くものよ——って？」

私はうなずいた。

川井愛《かわいめぐみ》はしばらく私を見つめてから、本のページに顔を埋《うず》めた。くぐもった声でつぶやく

ように言う。

「初雪《はつゆき》は、えらいな。文《あや》も、かな。

……友がみな、われより偉く、見ゆる日よ」

私が後を続けて、

「花を買ひ来て、妻としたしむ」

石川啄木《いしかわたくぼく》だ。

「これって、妻がいなかったら、どうするのかしらね」

どうやら、さっき想像したとおりらしい。川井愛は、娘に会いに行ったことがない。

「友じゃなくて、妹と娘だし」

「だからもっとつらい。

……葉桜さんの居場所は、知らない。調べると向こうに勘繰られるから嫌。携帯にかけても出ない、っていうんなら調べましょう」

「わかった」

話が終わっても、川井愛は本のページに顔を埋めたままだった。それが寂しそうで、ひとりにすることができなくて、私はカウチの端に腰かけた。

「……私だって、文のことは好きなのよ？　――それなりに」

私は黙ってうなずいた。

「初雪《はつゆき》にも、会いに行けばよかったかしらね。……でも、思いつかなかったな」

「好きだったの?」

「自分の妹だもの」

川井愛《かわいめぐみ》は顔を上げようとしない。

なにかをしなければいけないような気がする。でも、それがなんなのか、わからない。

そのとき携帯が鳴った。メールの着信音だ。

「噂《うわさ》をすれば影?」

川井愛が言った。けれど差出人を見ると、川井文《あや》。

「ううん、文ちゃん」

私が携帯を開くより早く、川井愛は顔を上げた。こんな表情を見るのは初めてだった。まるで痛みをこらえているような。

私はまるで言い訳するように、

「このあいだ文ちゃんが携帯買ったから、メールの相手をしてあげてるの」

「そう」

いつのまにか川井愛はいつもの川井愛に戻っていた。本のページに目を落として、鼻歌でも歌いそうなくらい微笑《ほほえ》んでいる。さっきの表情が、嘘《うそ》のように消えている。

魔法だ、と思った。自分の顔色やしぐさや姿勢を、感情でなく意志に従わせる、魔法。川井愛は、魔法を使って、わざと普通のふりをしている。

さっき私はなにかすべきだった。あれはチャンスだった。もう過ぎてしまった。過ぎてしまったのに、立ち去ることができない。私はその場でメールを読み、返事を出した。

携帯を閉じて、川井愛の様子をうかがうと、なんの変わりもない。

「お姉さま、……」

「なーに？」

「――私がここにいたら、邪魔？」

「一方的に観察されてるだけだと、落ち着かないな」

川井愛は本を閉じると、頬杖《ほおづえ》をついて私を見つめた。

その瞳《ひとみ》に誘われるように、私の唇から言葉がこぼれた。

「お姉さまはどうして離婚したの？」

＊

わたしはお姉さまのことを、××しています。

まごころの深いところから、××しています。まるで砂糖が甘いように、まるでお日さまがまぶしいように、嘘も本当もありえないほど確かに、××しています。

でも、わたしは、××にあてはまる言葉を知りません。

『甘い』という言葉を知らないひとが、砂糖を口にしているように。『まぶしい』という言葉を知らないひとが、お日さまに照りつけられているように。××がどんな言葉なのか、わからないのです。

愛、ではないと思います。

もし愛しているなら、あんなことを尋ねてしまったり、しないはず。昔のつらい出来事を、詮索《せんさく》したり、しないはず。

お姉さまは目をつぶって、ゆっくりと語りはじめました。

「昔むかしあるところに、なにひとつ申し分のない素敵なお嬢さまがいました。

大きな病院のオーナー院長の一人娘で、才気煥発《さいきかんぱつ》、品行方正《ひんこうほうせい》、立てば芍薬《しゃくやく》、座れば牡丹《ぼたん》、歩く姿は百合《ゆり》の花。

お嬢さまのご両親は、この娘に病院を継いでほしかったのですけれど、本人は医者になるつもりはありませんでした。将来有望な若い男の医者を見つけて、十九歳で結婚して奥さまになって、すぐに女の子を産みました。

婿養子《むこようし》の旦那《だんな》さまは、奥さまを愛しているだけでなく、お義父《とう》さまお義母《かあ》さまにも受けがいいひとでした。産まれた女の子は元気いっぱいでした。

そんなある日、奥さまは、家のお金をたくさん持って、家出しました。

十年後、奥さまはふらりと現れました。いまでは古本屋をやっているそうです。

おしまい」

わたしはお姉さまのことを、××しています。

××しているから、『どうしてそんなことしたの？』とは訊《き》けません。

××しているから、お姉さまを責める気にはなれません。

心臓が動いて、息をして、泣いたり笑ったりして――ただ、生きていること。お姉さまのそばで、わたしが。わたしが、お姉さまのそばで。

お姉さまは、ただそれだけで、いいのです。

「……その奥さまは、後悔してる？」

お姉さまの瞳《ひとみ》が、どこか遠くを見つめました。

「してない」

「よかった」

わたしは自分の部屋に戻って、ベッドに入り、眠りにつきました。

九日目

姉に会いたい。

あの黒いマントに抱きしめられたい。幌《ほろ》なしで走って冷たくなった耳を、温めてあげたい。

でも今日はきっと会えない。

もし会えるなら、明日。私の誕生日。


学校から帰ると、魔女の住む穴蔵に、お姫さまが来ていた。横にチェロのケースを置いている。今日も、習い事にゆく途中らしい。

川井愛《かわいめぐみ》にいれてもらったお茶を飲みながら、とりとめのない世間話をする。そのうちに、

「おばさまの誕生日は？」

「明日」

川井文《あや》は目を丸くして、それからすぐに悲しそうに、

「明日はこれないの」

「じゃあ、プレゼントはいまちょうだい？

詩がいいな。お祝いの詩。メッセージカードに書いて。カードはそこにお店があるから、買ってきてあげる」

けれど川井文は自分で選ぶと言って、出ていった。

「……明日だったんだ？」

そう言ったのは川井愛だった。

「お姉さまは？」

「ずっと先」

「秘密？」

川井愛は、茶碗に目を落として、

「――ひとの誕生日を覚えてると、毎年その日に、そのひとのことを思い出すでしょう？　私のことは、あんまり思い出してほしくないの」

川井愛の心を思って、私は呆然《ぼうぜん》とした。

ひとに自分のことを思い出してほしくない、と願うのは、どんな気持ちがすることだろう。その気持ちを、自分のなかに、思い描いてみようとする。

たとえば、道端に咲く一輪の花。通りすがる人の目を、一瞬だけ楽しませて、あとはもう二度と思い出されることのない、そんな花を、思い描いてみる。

でも私は、ただの通りすがりにはなりたくない。

「……あとで文ちゃんに訊《き》くね」

好きな人のところには、自分の力で会いに行こう。たとえそれが、自分の心のなかだけのことでも。

「そう」

あとは私も川井愛《かわいめぐみ》も、黙っていた。

*

「おばさま、やめてやめてやめてやめて――」

と、文《あや》ちゃんは涙声で頼むのですけれど、わたしはかまわず、文ちゃんのくれた詩を朗読します。スリーピーベアのメッセージカードに、かわいい文字で書いてあります。

「おばさまが十五年間　息をしたので　地球の空気が　ちょっと素敵になりました　これからまた一年　地球の空気をもうちょっと　素敵にしてください」

わたしのような子供よりは、お年寄りにふさわしい詩です。きっとお手本があるのでしょう。文ちゃんは顔を真っ赤にしてうつむいています。ごめんなさい、ひどいことをしました。いいことを、たくさんしてあげなくては。

わたしは文ちゃんを抱きしめて、

「素敵な詩。ありがとう。明日から一年、よろしくね」

「――うん」

文ちゃんを振り回すのが楽しくてしかたないわたしは、いけないひとなのかもしれません。

きょうはバイトの人がくるので、早く帰ります。わたしとお姉さまは文ちゃんと別れて、お姉さまの車に乗ります。

そのときでした。

「文は、ちっちゃくっても、ちゃんと女の子なの」

「――？　知ってるよ？」

「初雪《はつゆき》は、ひとを好きになったことがある？」

それはもちろんお姉ちゃんを。お姉さまのことも、文ちゃんのことも――と思って。

ああ。そういえば、わたしは。

わたしは恋をしたことがありません。

十日目

私は初雪《はつゆき》という名前なのに、誕生日には雪は降らない。

寒さはもう真冬だけれど、雪が降るにはまだ早すぎる。でも絶対に降らないとはいえない。ずっと昔、私が生まれる前、私の誕生日よりも早く雪が降った年もある。

雪が待ち遠しい。てるてるぼうずにお天気を祈るみたいに、雪を祈る方法があればいいのにと思う。雪の結晶が、姉のあの黒いマントの肩に降り積もっているのを見たい。そうすると、姉とどこまでも一緒にゆける気がする。

放課後、学校から駅までの道を、ひとりでゆっくり歩く。もし姉が会いにきてくれるのなら、きっとこの道で待っていてくれる。

耳をすまして、ハーモニカの音を聞き分けようとする。交差点では左右をよく見て、姉のコンバーチブルを探す。ときどき空を見上げては、曇り空から雪が降ってこないかと願う。

「こらそこ、きょろきょろしながら歩かない」

声は後ろからだった。

「お姉ちゃん！」

振り向くと、黒いマントに抱きしめられる。その温かさに、頭がくらくらするほど、幸せになる。

「誕生日おめでとー。はいこれ」

小さな平たい包みを差し出されて、受け取る。

「開けていい？」

「その前にクルマ乗って」

姉のコンバーチブルは、いつものとおり幌《ほろ》なしで、いつものとおり滑るように発進した。助手席に置いてある毛布をかぶって、寒さをやわらげる。

もらった包みを開けようとすると、

「風で飛ばされないように気をつけて。布だから」

あでやかなオレンジ色のスカーフだった。私のイニシャルが入っている。

「ありがとう」

「なんの、ありがとうはこっちのセリフ。いい仕事してるじゃないの。助かるわー」

「仕事？」

「川井《かわい》さんをおだてて、いい気持ちにさせてるでしょうが。あの人のことだから三日で飽きるんじゃないかって思ってたけど、もう一週間以上続いてるねー。エクセレント！」

仕事――そう、これは私のつとめだ。

背負っているのは、姉の運命。果たすべきは、川井愛《めぐみ》の気を惹《ひ》き、飽きさせず、この遊びを続けたいと思わせること。

一瞬、『もうやめる』と言いたくなった。

*

わたしはお姉さまのことを、××しています。

でも、この気持ちは、お姉さまに通じているのでしょうか。お姉さまの目には、わたしのつとめばかり見えて、わたしの気持ちはその陰に隠れてしまっているのではないでしょうか。

「これ、父さんと母さんから」

お姉ちゃんはICレコーダーを差し出しました。再生してみると、お父さんとお母さんの声です。誕生日おめでとうとか、こんな目にあわせてごめんとか、そういうことがとりとめもなく吹き込まれていました。返事を録音するようにと言われて、わたしもとりとめのないことを吹き込みました。

「プレゼントもあるけど、初雪《はつゆき》が帰ってきてから渡すね。モノを渡すと、川井さんの目について嫌がられる」

わたしがお姉ちゃんに電話してはいけないというのも、川井さんに嫌がられるから、という理由です。隠れて電話しても、まるで浮気しているみたいで感じが悪いでしょう。

「モノが増えてても気がつかないと思う」

わたしの冬物の衣類はすべて川井さんの家に運び込んであります。

「あの人はよく見てる。初雪が今日私に会ったってことも、初雪の顔を見ただけで、わかるだろうね。どうせわかるんだから開き直ってプレゼントも渡すわけよ。しかもスカーフみたいに目立つモノを。父さんと母さんのほうは、さすがに声だけなら気づかない」

あの人はよく見てる――そうかもしれません。そうであってほしい、とも思います。それなら、わたしがお姉さまのことを××しているこの気持ちも、通じているはず。

わたしが黙っていると、お姉ちゃんは話題を変えました。

「こないだ川井《かわい》さんの娘に会ったよ。

あんなガキ、たらしこんでどうすんの。川井さんだけじゃ食い足りない？　女ったらしの妹を持つと大変だわ」

「どうする、って？」

どうするもこうするも。ひとを好きになるのは、ただそれだけで、素敵なことです。

「あんたがたらしこんだから、あの娘、文《あや》ちゃん、川井さんのところに通いはじめたでしょうが。初雪《はつゆき》に会うために。そしたら二人でいちゃいちゃしてんでしょうが。川井さんの目の前で。川井さんのハートをタワシでごしごしこすってどうすんの、って訊《き》いてんの」

「川井さんだって文ちゃんに会えて嬉《うれ》しいはずだよ？」

「なに、あんた、将《しょう》を射《い》んと欲《ほっ》すればまず馬ってわけ？　――そっちが正解かもね」

まるでわたしが文ちゃんを道具にしているみたいな言いかたです。頭にきて、

「わたしは文ちゃんが好きで、川井さんが好きなの」

　お姉ちゃんは一瞬、なにか言いたそうに小鼻をふくらませてから、小さく左右に首を振って、大きなため息をつきました。

「……ごめん。妬《や》いてるんだ私」

「早くうちに帰りたい。いつまで続きそう？」

「たぶん、お正月には。クリスマスはわかんない」

　学校はもうすぐ期末試験で、そのあとは試験休みです。川井さんと過ごす時間が長くなりそうです。

「――仕事、がんばるね」

「こっちもがんばる。

　そうそう。こないだ文ちゃんに会ったときに、初雪の仕事を手伝っといたよ。これ」

　お姉ちゃんはメモ用紙を一枚、わたしの手に握らせました。

「佐々木優子《ささきゆうこ》音楽教室……？」

　住所も書いてあります。

「文ちゃんのお稽古《けいこ》先。月曜日と水曜日、午後八時まで。ネタは出したけど、使いかたは初雪が考えて。出待ちしてやったら驚くよ。まー、出待ちなんかしたって、告るくらいしかやることないけどさ」

　文ちゃんの気持ちを、空想してみます。チェロのお稽古が終わったあと、わたしが外で待っていたら、どんな気持ちがするでしょうか。

自分のことを、思い出してみます。お姉ちゃんはときどき、わたしの英会話のレッスンが終わるのを、外で待っていてくれました。帰りにはアイスクリームをおごってくれたり。いま思い出しても、胸が温かくなって、笑顔がこぼれてきます。

いつか、文《あや》ちゃんを家まで送ってあげましょう。お姉ちゃんと違って車はありませんけれど、食べるものをおごってあげるお金くらいはあります。

「ありがとう」

「そんじゃ、今度は初雪《はつゆき》がこっちの仕事を手伝って。川井《かわい》さんが約束を破る可能性は、どれくらいあると思う？　確率を数字で言って」

＊

約束。

お話では、約束はたいてい守られる。お姫さまがカエルと、結婚の約束をしてしまうお話。まだ産まれていない娘を、野菜とひきかえに、魔女にやってしまう約束をするお話。どちらも約束は守られた。

言いつけや忠告はあまり役に立たない。白雪姫は、七人の小人たちの忠告をきかずに、毒りんごを食べてしまう。青ひげの妻は、夫の言いつけに背《そむ》いて、禁じられた扉を開けてしまう。

川井愛《めぐみ》は――

「三割はあると思う」

家族をまるごと置き去りにしてきた過去。私に誕生日を教えたくないと言った、その気持ち。私には川井愛を縛《しば》ることはできない。

「あんた、いい仕事してるわ、ほんと。

――ごめん。まじ、ごめん。赦《ゆる》してよ」

赦しを乞う姉の声は涙声だった。私は驚いて、

「赦すって、なにを？」

「あんな人でなしの糞女《くそおんな》の世話させて、ごめん」

私は言い返した。川井文のメールを思い出しながら。

「川井さんのことを悪く言うのはやめて」

「……わかった」

姉は黙り、私も黙った。

川井愛のことを罵《ののし》られて、傷つけられた気持ちのまま、考える――

＊

お姉ちゃんは言いました。

『でも私の命より大切なものを賭《か》けてる。

初雪《はつゆき》が、私を信じてくれる心』

わたしがお姉ちゃんを信じて。お姉ちゃんがわたしを信じて。いつまでもそうやっていられたらいいと、思います。

でも、お姉ちゃん——

それは、賭けられるものなんでしょう?

なくなってしまうことも、ありうるものなんでしょう?

わらしべ長者をさかさまにしたお話。

金貨をもらった男が、それを価値のないものへと次々に交換していく。最後は石ころと交換して、その石ころも捨ててしまって、自由になる。

自由は、なくなってしまわないでしょう?

わたしはお姉さまのことを、××しています。

この気持ちは、賭けることもできないし、なくなってしまうこともありません。お姉さまが明日なにをしても、わたしはお姉さまのことを、××しています。

なくなってしまうこともあるものを、うずたかく積み上げて、たくさんくれて、わたしを豊かにしてくれる、お姉ちゃん。

だからお姉ちゃんは、自分で積み上げたものばかり、自分があげたものばかり、見えてしまうのでしょう。

もっとよく見て。

なくなってしまうことのないものだって、あるんだよ。

わたしは、お姉ちゃんのことだって、××してるんだよ。

*

川井愛《かわいめぐみ》の古本屋につくと。

客がいた。古本屋の客ではなく、川井愛を訪ねてきた客だ。レジの横に座って、川井愛と親しそうにしゃべっている。

魔女の住処《すみか》を訪れるのにふさわしい客だった。米空軍の将校の制服――あの階級章は、たしか大佐。姉の仕事のおかげで、私も米軍の制服が少しだけわかる。

表情やしぐさを見るかぎりは、仕事の話をしているようには思えない。けれど米軍の大佐が、日も高いうちに制服で暇潰《ひまつぶ》しをするわけがない。川井愛《かわいめぐみ》の本業も、在日米軍に関係しているのだろうか。

内緒の話をしているのかもしれない。でもこういうときは、堂々と入るにかぎる。

「ただいま」

大佐はすぐに席を立つと、人当たりのよさそうな笑顔で私に声をかけて握手して、帰っていった。

「お仕事の話だったの？　お邪魔しちゃった？」

「いいえ、初雪《はつゆき》の話」

「わたし？」

「今日は妹の誕生日だから、その記念に今夜、雪を降らせてほしいって頼んだの」

川井愛の冗談はときどき難しい。いくら米軍でも、お天気まで自由になるはずがない。

「あ、信じてないんだ？　ほんとに本当なんだから」

「……降るの？」

「だめだって。人工的に降らせるのは準備が大変だから、今日じゅうには間に合わないって」

「ふーん」

「こら。信じなさい」

あの気持ちのいい『こら』が聞けて、胸が温かくなる。

「はーい」

「雪はだめだったけど、もうひとつあるの。

ちかごろ旧江戸川区《えどがわ》が物騒《ぶっそう》だけど、今夜はなんにも起きないって」

旧江戸川区は、日本への復帰運動が特に盛んな地域だ。小さな暴力事件なら毎週のように起きている。それでも毎日ではない。川井愛の言うことがあてずっぽうでも、八割くらいは当たる。けれど、米軍の大佐と親しくしているのを見たあとでは、あてずっぽうを言っているとは思えない。

「……ありがとう」

川井愛の力に気圧《けお》されて、小声になってしまう。

「ほかのお楽しみは、うちに帰ってからね」

＊

お姉ちゃんとお姉さまは、ちょっと似ています。

「目で味わったら、さくっと食べちゃいなさい」

普段と変わらない夕食のあと、しばらくして。

居間をいつもより暗くして、そのかわりテーブルを蠟燭《ろうそく》で照らして。

広いお皿の上に、ちょこんと小さく、丸い黄色いスイーツ。きっとベイクドチーズケーキでしょう。でもそれがメインではありません。

ココアパウダーを皿一面に散らして、夜空に見たててあります。たぶんベイクドチーズケーキは満月のつもりです。

夜空の上に白いソースで、「Happy Birthday 初雪《はつゆき》」の文字。アイスクリームでできた、かわいい雪ダルマ。マフラーは赤いソースで、目と口はチョコレートで。木立、家並み、地平線。仕上げに、飴《あめ》細工で作った雪の結晶を、一面にぱらぱらと散らしてあります。

専門のパティシエ派遣サービスを雇《やと》って、この家で仕上げさせた飾りつけです。

そして、飾りつけがメインのこのスイーツは、おとといの誕生日に、お姉ちゃんが用意してくれたのと同じです。絵柄もそっくり一緒です。もしかしたら、作ったパティシエさんまで同じひとかもしれません。違う家で違うひとから誕生日を祝ってもらっているわたしのことを、パティシエさんはいったいどう思ったでしょう。

というわけで、お姉ちゃんとお姉さまは、ちょっと似ています。

「……いただきます」

満月形のベイクドチーズケーキは普通のよりも小さくて、思い切って食べたら、ひとくちでなくなってしまいそうです。お姉さまも、飾りつけはないけれど同じスイーツを食べます。

お姉さまは楽しそうに、

「飾りつけが凝《こ》ってるお菓子って好き。一瞬で消えるものって、みんな綺麗《きれい》。ただの星よりも、流れ星のほうが綺麗でしょう？　流れ星はひとりでに消えるけど、お菓子は、自分で食べて消しちゃうってところが、いいの」

「じゃあお姉さまは、綺麗なほうが好きなの？」

どうやらお姉さまは意表を突かれたようでした。珍しく考え込んでから、

「……逆ね。好きなほうが綺麗に見える」

「お姉さまもこれ、ひとくち食べて」

わたしは自分のお皿をさしだしました。飾りつけを崩さないように、ゆっくり慎重に。

「同じもの食べてるのに？」

「飾りつけ。自分で消しちゃうのが、いいんでしょう？」

お姉さまはベイクドチーズケーキをひとくちぶん切り取って、ココアパウダーをつけました。「Happy Birthday 初雪」の文字のないところ、絵のないところから。

十一日目

学校はもうすぐ期末試験なので、試験勉強をする。

古本屋の奥の穴蔵は、学校の勉強をするのに向いている。気を散らすものがなく、適度に寒く、足はコタツで温かい。

「初雪《はつゆき》、お茶にしましょう」

川井愛《かわいめぐみ》の声。障子《しょうじ》が開く。

川井愛は、寂しがり屋ではないけれど意地悪だ。私が勉強に集中していると、邪魔したくなるらしい。顔にそう書いてある。

「いまの中学三年生って、どんなこと教わってるの？」

理科の教科書を持ってきて、試験範囲のことを説明する。

「なんだ、すっかりわかってるんじゃない」

「わかってるだけじゃ問題は解けないの」

問題集を持ってきて、例題を見せる。

「こんな難しいのやるんだ。さすが渋谷星栄《しぶやせいえい》」

「お姉さまは、どうだったの？」

「受験に熱心な学校じゃなかったの。難しい問題はぜんぜんなし。点数に差がつく問題は暗記だけ」

「勉強、嫌いだった？」

「別に。しなかったもの。授業を聞いてるだけだった」

姉と同じだ。頭がいいと、授業中だけで勉強が済んでしまうらしい。

「じゃあ、なにが嫌いだった？」

「なんにも。

……でも、同級生の女の子が、嫌いだったな」

「どうして？」

「みんな、すごく女の子してたのに、私はそうじゃなかった。一緒にいると、自分が欠陥品みたいな気がした。

――いまは平気。初雪のことも大好き」

「わたしも、お姉さまのことが大好き」

私の背中に、川井愛の腕が回る。

鼻先に、鼻が近づく。このあいだは、なにも考えずに、その先のことを受け入れてしまった。

今度は、顔をそらして、拒《こば》む。

「……どうして、するの？」

「理由があったら、こんなこと、しない」

拒む理由もなかったので、受け入れた。

＊

それはくちづけのお話です。

全部省略して結論。最高のくちづけ、それは、くちづけのことだけを考えてするくちづけだったのです。


勉強の体勢に戻って、問題集に目を落として。誰も見ていないのに、勉強するふりをしています。

ぼんやりした頭で、くちづけのお話を、思い出して。ぼんやりと、考えます。

さっきのあれは、最高のくちづけだったかもしれません。

十二日目

昨日の夜、川井《かわい》文《あや》がメールをくれた。

『こんばんは。

母の誕生日は八月五日です。

うちでは毎年、母の誕生日のお祝いをしてる。でも去年は、私が祖父（母方の）の家にいたから、できなかった。祖父は母のことが好きじゃないみたい。

毎年お祝いしてるんだよ、って母に言ったら、困った顔してた。だからおばさまに誕生日を教えたくなかったんだと思う。

今度の誕生日は、おばさまが母にお祝いしてあげて。

Love, 川井文』

『祖父（母方の）』、つまり川井愛《めぐみ》の父親は、京都にある大きな病院のオーナー院長だという。川井愛の誕生日を一緒に祝うのは、川井愛の元の夫、川井文の父親。このひとも医者で、婿養《むこよう》子《し》だという。

この父親は今でも、家出した妻のことを愛しているらしい。川井文が母親のことをあんなに慕《した》うのも、父親の影響があるのでは、と思える。

メールをもらってすぐに返事を書いた。

『前略ツインテール殿
今度の八月五日には、文ちゃんがお祝いしてあげましょう>>　ここに来れば会えるんだから。
文ちゃんの誕生日は、私からもお祝いしたいです♥　楽しみにしてるね☆
おやすみなさい。
Love, 佐藤初雪《さとうはつゆき》⛄』
このあいだ聞いたところでは、川井文の誕生日は四月だ。そのときには私は高校生に、川井文は小学六年生になっている。
そして今夜も、川井文からメールが届いた。
『こんばんは。
誕生日は毎年祖父の家に行くの。おばさまにもきてほしいけど、京都じゃ無理だよね。友達とは別の日にパーティーしてる。私の友達だから、ガキばっかりだけど、いい？　嫌ならしようがないから、二人でお祝いしてもいいよ。
おばさまは、男の子とキスしたことある？　このあいだ友達がしたんだって。
Love, 川井文』
大人の女のひととならあるよ、と、心のなかで返事をする。
『前略ツインテール殿
お誕生日のパーティー、私は文ちゃんのお友達と一緒がいいんだけど、お友達はどうなのかな？　知らないおばさんがいたら、借りてきた猫（=^・ェ・^=）みたいになっちゃわないかな？　私だったら、なったと思う。二人でスイーツとか食べよう☆　おごってあげる。
キスの件については、ご想像にお任せします。文《あや》ちゃん、好きなひと♥はいるの？
おやすみなさい。
Love, 佐藤《さとう》初雪《はつゆき》⛄』
好きなひとはいるの？——川井《かわい》文はどう返事するだろう。

でも、私は？
私に好きなひとはいるの？
わからない。

十三日目

今晩も文《あや》ちゃんがメールをくれました。短く鋭い、ナイフのような。

『こんばんは。

好きなひとは、いる。おばさまは?

Love, 川井《かわい》文』

わたしもつられて、短く鋭く、返事しました。

『前略ツインテール殿

好きかどうか、自分でもわからない。

おやすみなさい。

Love, 佐藤《さとう》初雪《はつゆき》⛄』

わたしはお姉さまのことを、××しています。

でも、愛してはいない、と思います。

お姉さまは、自由だから。あの約束を破っても、壊れるものはなにもないから。愛しているというのは、きっと、もうすこし重たいこと。わたしにとってお姉ちゃんが、すこし重たいみたいに。

××していて、愛してはいなくて、じゃあ、くちづけは?

わかりません。

十四日目

学校は今日から期末試験だ。試験期間は四日間、そのあと試験休みが一週間、クリスマスイブに終業式で二学期が終わる。

試験期間中は午前中で終わりだ。お弁当を食べて帰るのは、あまり流行《はや》らない。私も、川井《かわい》愛《めぐみ》の古本屋に帰ってから、二人で食べる。

例によって出前を取る。今日は、五目あんかけチャーハン定食。穴蔵のコタツに向かいあって食べる。

「いまは期末試験で忙しいんでしょう？　お弁当、作ってあげようか？」

これまでは私が自分で作っていた。

「でも、お姉さまと一緒に食べたいし」

試験期間中にお弁当を食べて帰るのは流行らない。友達のいない教室で、ひとりで食べるのは寂しい。

「お弁当って作ったことないの。楽しそうじゃない？」

「だったら、お弁当を二つ作って、ここで一緒に食べよう」

「それは、ちょっとつまんないな。お弁当はね、遠くで食べてもらうのが楽しいの。目の前で食べてもらうと、反応が目に見えるでしょう？　反応が見えないかわりに想像するから楽しいの。それに、自分の知らない遠いところで食べてもらえるっていうのも、楽しい」

なるほどそうかもしれない、とは思ったけれど、

「作ったことないのに、わかるんだ」

そういう私も、ひとのお弁当を作ったことがない。

「作らないとわかんないようじゃ、そもそも作ろうとしないでしょうね」

結局、明日とあさってはここでお弁当を食べて、期末試験の最終日だけ学校に持っていくことにした。友達にもお弁当を持ってきてもらって、食べたあとは一緒に遊びに行くことにしよう。

＊

くちづけ。

わたしが明日の試験勉強をしているところに、いつもの時間に文《あや》ちゃんがきて、チェロを一曲披露《ひろう》してもらって、お姉さまがわたしに店番を任せて出かけると、わたしは文ちゃんと二人きりになって、きょうは小春日和《こはるびより》で、昨日やおとといよりずいぶん暖かくて、レジはストーブのそばだからますます暖かくて、さっきまで勉強していたからくたびれていて、文ちゃんはなんだか機嫌が悪そうに黙っていて、もちろんお店にはお客さんはいなくて、くたびれて退屈でぬくぬくしていたわたしは、うとうとしていました。

このお店の出入り口の扉は、お店と同じように古くて重々しい、横幅は狭いのに高さと重さは一人前の、黒光りする鉄でできています。はまっているガラスも、でこぼこで厚くて濁っていて、まるでラムネの瓶《びん》を透かして外を見ているようです。

お店は北向きに建っています。古本屋さんは北向きに建てることが多いそうです。なぜかというと、南向きだと日差しがお店に入って、本が傷《いた》むから。お姉さまが教えてくれました。

ここは商店街の外れで、アーケードはありません。傾いてきた午後の日差しが、ちょうど真正面のお店を照らして、扉のガラスごしでもまぶしいくらいです。でも、まぶしくても、お店のなかに光の模様はできません。不思議なくらい平坦《へいたん》に照らされています。まるで障子《しょうじ》で明かりを採っているみたいです。

不思議に明るいので、本棚の古本たちも、いつもより元気そうです。お姉さまが朱や墨で書いて古本につけた紙の札が、いつもより生き生きと躍っているように見えます。天井も、いまが一番明るい瞬間です。天井はアーチになっていて、白いペンキが塗ってあります。

そんなにまぶしく明るく感じる瞬間でさえも、このお店はやっぱりどこか薄暗くて、心が落ち着きます。あんまりにも時間がゆっくりすぎるので、もしかすると、わたしが時計を見ていないときを見計らって、サボって止まっているのかもしれません。

文《あや》ちゃんはマイペースの気分屋さんです。猫の目みたいにくるくると、機嫌をよくしたり悪くしたりするので、わたしが気を遣ってもかえって窮屈《きゅうくつ》でしょう。文ちゃんが機嫌悪そうに黙っていても、わたしはおっとり構えて、文ちゃんの言いたいことがまとまるか、でなければ機嫌を直すのを、待つのがいいとわかっています。だから、そうしていました。


小さなお姫さまのくちづけは、効き目が遅いのでしょうか、すぐにはあまり目が覚めません。文ちゃんはすぐ、普通に向かいあってしゃべるくらいに離れて、上目づかいで、わたしのことを睨《にら》んでいます。まるでわたしに恨みでもあるみたいに。

わたしは文ちゃんに触られたのだと思います。

思います、ではなく、知っています。

知っています、というより、覚えています。

触られました。唇に唇で。だって、くちづけですから。

どうしましょう。

「……わたしは、男の子のかわり？」

すると、上目づかいでわたしを睨みつけたままの目に、涙が浮かんできました。

どうしましょう。

「……お友達でいましょう、とかで、いい？」

もし文ちゃんがそういうことを言ったら、わたしはそういう返事をしないわけにはいきません。文ちゃんを遠ざけてしまうようなことを。文ちゃんが言って、わたしが返事をしたら、もうそれは取り返しのつかないことです。

だから、取り返しがつかなくなる前に、文《あや》ちゃんがそういうことを言ってしまう前に、先手を取って尋ねました。遊びや冗談ということにしてすまされるうちに。でも——

「なに言ってんの？

好きなひとならいるけど、おばさまなわけないじゃん？　自意識過剰じゃない？　やっぱり変態って寂しくて飢えてるの？　ちょっとからかっただけじゃん？」

「からかって、くれたんだ。ありがとう」

わたしは、いまにも涙のこぼれそうな文ちゃんの顔から目をそらして、午後の日差しがまぶしい出入り口のほうを向きました。

このあいだ、お姉さまが言っていました、

『文は、ちっちゃくっても、ちゃんと女の子なの』

『初雪《はつゆき》は、ひとを好きになったことがある？』

わたしは恋をしたことがありません。

文ちゃんを遠ざけてしまうのが嫌で、冗談ということにしてしまって、それでよかったのでしょうか。かなわない恋ならいっそきっぱりと終わらせたいのに、目先の痛みが怖くて逃げ回ってしまうのではないでしょうか。

お話では。

白雪姫の死体に恋してしまった王子さまは、七人の小人たちからその死体を譲《ゆず》ってもらって、ガラスの棺《ひつぎ》に収めて、持って帰ろうとします。

たとえ死体でも一緒にいたいのです。気持ちがなびかないくらい、死体よりずっとましだと思います。

それとも逆に。気持ちがなびかないよりは、死体のほうがずっとましなのでしょうか。

わかりません。

*

川井文《かわいあや》が帰るとすぐに、川井愛《めぐみ》が言った。

「さっき、あの子を泣かせたでしょう」

「うん」

「しっかり話した?」

娘のことを気遣う川井愛は、どことなくそわそわしていて、魔法を使わない普通の人間のように見える。

「なにを?」

「お互いの気持ちとか」

「……あんまり」

川井愛はため息をついた。重たそうに。

「こんなところまで似なくてもいいのにね」

「似てるの？」

誰と誰が？　私と姉、それとも、川井愛と川井文。

川井愛は、私の顔をしげしげと眺めてから、

「そんなに似てないかしら」

とつぶやいて、黙ってしまった。

十五日目

昨日の夜には、文《あや》ちゃんはメールをくれませんでした。

もし今晩もメールがこなかったら、もう二度と文ちゃんに会えないような気がします。でも、文ちゃんにとっては、そのほうがいいのかもしれません。

そろそろ、メールがくる時間です。

試験勉強が手につきません。自分の部屋のなかを、そわそわと歩き回ります。腹筋運動をしてみたり、クローゼットのなかを意味もなく調べてみたり。そのうちコーヒーが飲みたくなって、キッチンにゆこうと、部屋を出ました。もちろん携帯は手放しません。

そこへ、

「こっちきて」

お姉さまの声がしました。

呼ばれてゆくと、いつもと同じように、カウチに寝そべって本を呼んでいるお姉さまです。

「なに?」

「ここにいて」

「どうして?」

「理由は、ないの。しばらく、ここにいて」

それで私は、お姉さまの足のそばに腰かけました。

本のページを閉じる音がして、

「やっぱり、初雪《はつゆき》がいると、いいな。幸せになる」

嬉《うれ》しいけれど、どう返事したらいいかわかりません。さんざん頭をひねってから、

「お店で店番してるときね。後ろの部屋にお姉さまがいたほうが、いないときより、あったかいんだよ。あんなに離れてて、風向きは逆で、障子《しょうじ》も挟んでるのに」

「そういえば私も、初雪が部屋にいるときのほうが、あったかい。コタツがついてるからでしょうね」

しばらくしゃべっていると、お姉さまは上体を起こして、わたしの頭を撫《な》でました。

「初雪は、平熱は何度くらい？」

「三六度九分」

「高いとは思ってたけど。赤ちゃんみたいな体温ね」

「お姉さまは？」

お姉さまは、すぐには答えず、わたしを見つめながら何度もまばたきしていました。

そのとき携帯がメールの着信音を鳴らしました。

「文から？」

「うん」

前に、わたしの携帯に文ちゃんからメールがきたとき、お姉さまは目に見えて動揺していました。きょうはさすがに、あんなに動揺はしません。でも、怒っています。怒ってみせている、

のではなく、本当に頭にきています。こんなお姉さまを見るのは初めてです。

動揺したり、怒ったり。文《あや》ちゃんが絡むと、お姉さまはまるでただのひとです。

でも、どうして怒っているのでしょう。きのう、文ちゃんを泣かせたことと関係があるのでしょうか。

「……文ちゃんとメールしちゃ駄目?」

「文によくしてあげて」

お姉さまはカウチにうつぶせに突っ伏しました。魔法を使うのも面倒くさい、というふうに見えました。

携帯を開いて、メールをみると。

『こんばんは。

お姉さまはお正月はどうするの？　お店は28日から4日まで休みって書いてあったけど、母とどこか行くの？　もしどこか行くんなら、私も一緒に行きたい。

Love, 川井《かわい》文』

それでわたしはお姉さまに、

「お正月はどこか行くの?」

お姉さまは、カウチにうつぶせに突っ伏したまま、変に感情の乏《とぼ》しい声で、言いました。

「お正月なんて、初雪はもう、おうちに帰ってるんじゃないかしら」

＊

姉が言っていた――つらいときは、自分の感情を気にしてはいけない。

ひとは楽しいときには、自分の感じている楽しさを気にしない。楽しいとも思わないくらい、楽しさに夢中になっている。それと同じように、つらいときには、つらさに夢中になるほうがいい。つらいとも思わないくらいに。

では今はどうすればいいのだろう。

涙が出る。わけもわからずに。

川井愛《めぐみ》が言ったのは、ただの事実で、私も知っている。姉が言っていた――たぶんお正月までには、この姉妹ごっこは終わる。姉妹ごっこが終わってしまえば、一緒にお正月を過ごしたりできない。

たとえ私がそうしたいと思っても、姉が許してくれない。許してくれないどころか、そんな願いは口に出すことさえできない。一か月ちかくものあいだ離れ離れでいたのに、このうえお正月まで離れて過ごしたい、だなんて。

私からは言えない。けれど、川井愛なら言える。

　もちろん断られるに決まっている。もし川井愛《かわいめぐみ》が、

「お正月も初雪《はつゆき》ちゃんを借りたいんだけど」

と尋ねたら、姉はきっと、

「あのさー、殺すとか殺されるとか嫌いなんだけどさー、それってもしかして、そういう話？」

と答えてから、ハーモニカを吹きはじめるだろう。この話題を打ち切るために。姉はそういうふうにハーモニカを使うことがある。

　でも、こんなやりとりでは、姉も川井愛も傷ついたりしない。ただ無駄なだけだ。川井愛は、今さっき、その無駄を言い訳にもしなかった。「もし葉桜《はざくら》さんが許してくれたら」とも言わずに、私が家に帰るものと決め込んでいた。


　それがどうしてこんなに悲しいのだろう。


いけない。私はいま、姉の言いつけに背《そむ》いて、自分の感情を気にしている。悲しさに夢中になって、悲しいと思わないくらいになろう。

　でもなんだかわけがわからない。

＊

「――初雪？」

お姉さまの声で、わたしは我に返りました。

「お姉さまは、わたしがうちに帰っちゃっても、全然平気なんだ」

自分の声が知らないうちに涙声になっていて、驚きます。お姉ちゃんの前で泣くときには、自分でちゃんとわかっていて涙声になるのに。

「こら」

ぱちん。

頬《ほお》が。

お姉さまがわたしの頬をはたいたのです。

「そんなこと言う子は嫌いです。明日までに頭を冷やしておきなさい」

「――はい」

とたんに、すーっと、悲しいのが消えていきました。

お姉さまは、わたしが嫌いな子になっても、受け止めてくれるのです。

自分の部屋に戻って、メールの返事を書きます。

『前略ツインテール殿

私が愛《めぐみ》さんの妹♥なのは、期間限定、クリスマスくらいまで。お正月はおうちで過ごします。
期間限定が終わったら、おばさまっていうのはやめてね☆
おやすみなさい。
Love, 佐藤初雪《さとうはつゆき》☃』
返事を出したら、もう寝る時間です。ベッドに入って明かりを消しました。
さっきの『こら』の声が、まだ耳に残っていて、わたしに優しくしてくれます。

十六日目

朝はパスタかライ麦パンと決まっている。今朝はブロッコリーとアンチョビのオレキエッテイ。

いただきますを言った直後、昨晩の続きを、川井愛《かわいめぐみ》は始めた。

「私はずるしてるの。

本当だったら、姉は妹を選べないし、妹は姉を選べない。初雪《はつゆき》は私を選べなかった。でも私は、初雪を選んだ。これが、ずる。

ずるをしてるって自分でわかってるから、そのままじゃ楽しくない。初雪が私のこと好きになってくれても、ずるしてるって思ったら、楽しくない。

だから期限が必要。

本当だったら、姉妹はずっと姉妹のままでしょう。でもこれは期限つきなんだから、これくらいのずるはしてもいいや、ってことにするの。

もし期限がなくて、いつまでも続くんだったら、楽しくない。ずるがいつまでも続くんだから。

こんなの私だけの事情で、ずるしてない初雪には関係ないけど、でもね——」

川井愛は言葉を切って、居間を見回した。いま現在の暮らしに必要な物しかない、TVドラマのセットみたいな部屋。

でも私はもう、この部屋に思い出がある。川井愛と囲んでいるテーブルにも、パスタを盛った器にも、手に持ったフォークにも、ちょっと愛着がわいている。これから何年かして、またこの家にきて、このテーブルと食器でパスタを食べたら、きっととても懐かしい。

「――初雪には難しいかもしれないけど、聞いて。

いつまでも好きなのだけが、本当の好きってことなの？

背理法《はいりほう》でいきましょうか。命題は、『いつまでも好きなのだけが本当の好き』。たとえばの話。私がもし明日、初雪のことを好きでなくなったとしましょう。そうしたら、いま私が初雪のことを好きなのも、嘘《うそ》ってことになる。

明日のことは明日が終わるまで決まらない。いつまでも、だったら、私が死ぬまで決まらない。じゃあ、いま私が初雪のことを好きなのも、私が生きているうちは、本当か嘘か決まらない。

とすると、本当の好きは、死んだ後にしかありえない。生きているうちにはありえない。

私はそんなの嫌。

だから、『いつまでも好きなのだけが本当の好き』という命題は嫌。受け入れられない」

その理屈はなんとなくわかったけれど、でも、思う。

「好きな気持ちは、期限がきたら、なくなるの？」

川井愛は答えなかった。

ハーモニカと違って、チェロは大変です。

ケースを開けて楽器を取り出して、演奏の体勢をとるだけでも一苦労。弦を調律するのも、二、三秒でぱぱっと、というわけにはいきません。文《あや》ちゃんは絶対音感で調律できるので、これでも早いほうだとか。

曲は、バッハの無伴奏チェロ組曲第一番の前奏曲。初めてのときもこれでしたから、自信のある曲なのだと思います。

＊

それにしても。とおりすがりの古本屋さんからチェロの生演奏が聞こえてきたら、気になって、お店を覗《のぞ》いてみたくなると思うのですけれど、まだそういうお客さんはひとりもいません。それくらい人通りが少ないのです。このお店の立地はとても悪いと思います。

曲が終わると、拍手にお辞儀。お姫さまのお辞儀は、それはそれは優雅なものです。文ちゃんはお芝居にも向いているかもしれません。

「ちょっと出かけてくるから、初雪《はつゆき》、店番お願いね」

文ちゃんがくると、お姉さまはいつもこうやってしばらく出かけてしまいます。たぶん文ちゃんに気をきかせているのです。

出入り口の扉が閉まるなり、文ちゃんは勢いこんで、

「おばさまは——」

と言い、けれど、そのまま黙ってしまいます。

「期間限定のこと？」

文ちゃんはうなずきました。

「終わっちゃったら、あんまり会えなくなるね。できたら、うちに遊びにきて。姉が暇《ひま》なときなら、送り迎えのクルマつきで招待してあげられるかも。姉には会ったことあるでしょう？」

わたしの家はあいにく、文ちゃんの家や学校からは離れています。電車賃は往復で四百円くらいかかるはずです。いつもここにくるときは、チェロのお稽古《けいこ》にいく途中なので、追加の電車賃は百円もせずに済んでいるとか。

「うん」

文ちゃんの口はあいかわらず重たそうです。

「わたしも文ちゃんのおうち、お招きしてほしいな。でも——」

春には高校生になるわたしが、小学生の文ちゃんの友達としてお招きにあずかったら、傍目《はため》にはおかしな光景です。お父さまはどうお考えになるでしょう。

「きて。今度の日曜は空いてる？」

急に文ちゃんの目が輝いて、わたしは面食らいました。

「空いてるけど――」

「日曜の十二時。お昼ご飯、うちで食べて。ご馳走《ちそう》する」

有無を言わさぬ迫力です。けれどわたしは気になって尋ねました、

「そのときは、文ちゃんのお父さまは、おうちにおられるの?」

文ちゃんは絶句して目をそらしました。不安的中です。ただでさえおかしな光景なのに、親御さんのいないときに行ったりしたら、きっぱり不審です。

「父は忙しくて、あんまりうちにいないの」

文ちゃんのお父さまはお医者さまです。

「でも、最初だけでもちゃんとご挨拶《あいさつ》を申し上げないと」

するとなぜか文ちゃんは、天井を見上げて、遠くを見る目で微笑《ほほえ》みました。なんだかとても嬉《うれ》しそうです。でも、いったいなにが嬉しいのか、さっぱりわかりません。

微笑みはそんなに長くは続かず、すぐにしょんぼりした顔になって、

「……冬休み中なら会えると思う」

「それまで待とうね。文ちゃんのおうちは、お父さまのおうちでもあるんだから」

「ぜったいきてよ。約束」

「うん」

そのときわたしの頭に、ひらめきました。文ちゃんのために、してあげられることを。いま

だからこそしてあげられる、ささやかなことを。
来週の月曜日が楽しみです。

十七日目

『お弁当はね、遠くで食べてもらうのが楽しいの』――このあいだ川井愛《かわいめぐみ》が言っていた。

いまならその気持ちはよくわかる。

昨日と一昨日も、川井愛の作ったお弁当だったけれど、お店で二人で食べた。文句をつける先はすぐ目の前にいたし、誰に見られるわけでもなかった。

いまはちがう。

今日は、期末試験の最終日だ。試験は午前中で終わりだから、そのあとは友達と遊びに行こうと思って、お弁当を持ってきた。川井愛の作ったお弁当を。

最後の試験の時間が終わって、友達と机を囲んで、お弁当の蓋《ふた》をあけると――

「つゆのお弁当、なんかいつもと違わない？」

一目瞭然《いちもくりようぜん》だった。ご飯の上に三色そぼろが乗っている。私はこんな手間はかけない。

「にんじんがハート形に切ってある」

「ゆで卵の切り口がギザギザ」

飾り切りの道具なんて、あのキッチンにはなかった。これのためにわざわざ買ってきたのだ。ハート形のにんじんは、型で抜いたのかもしれない。そんな型もキッチンにはなかった。

「つゆが作ったんじゃないよねこれ。愛さん？」

私は言い訳がましく、

「うん。いままでお弁当とか、作ったことないって言ってたから、やりすぎたみたい」

「料理しないひとって言ってたね。そういえばなんか不器用だ。にんじんの厚さがそろってない」

「がんばりすぎちゃったんだねー」

「大事にされてるって感じじゃん？」

私は黙って居心地の悪さを嚙《か》み締めていた。

こんな成り行きの原因になるお弁当を作るのは、とても楽しいにちがいない。

＊

そういえばお姉さまは意地悪なひとでした。

「あれは、ささやかな意地悪。怒った？」

こう言われては、怒る気にもなれません。わたしはがっくり肩を落として、

「どうして意地悪するの？」

「困ってる初雪《はつゆき》がかわいいからよ」

がっくりしているところを見せても、お姉さまを喜ばせるだけのようです。わたしは自分の部屋にゆきました。

アンティークのクローゼット、わたしの背よりも高い大きな鏡、勉強用の小ぶりな机と椅《い》

子《す》、背の高いベッド。カーテンは無地のアイボリーで、わたしの好みでいえば、おとなしすぎる感じです。

この部屋で、もう二週間以上も過ごしました。すっかり落ち着ける場所になっています。机の上には、こまごまとしたものが、もういくつも溜《た》まっています。

明日からは試験休みです。もう制服は終業式まで着ないので、私服のコーディネートを考えておきたいところです。考えておかなくても毎日それなりにできるのですけれど、考えておけば自信がつきます。「あれにしておけばよかった」と迷わないぶん、一日が楽しくなります。

お姉ちゃんにもらったオレンジ色のスカーフを、あれやこれやと組み合わせては試し、週間天気予報と予定をつきあわせながら詰めてゆきます。

そのときでした。

携帯に、メールの着信音。開くと、

『出かける支度《したく》して☆　あと5分でそっちに着く>>　佐藤葉桜《さとうはざくら》より愛をこめて♥』

五分。

机の上の目覚まし時計に目をやって、出発予定時刻をしっかりと記憶します。携帯で天気予報を見て、きょうの夜の気温をチェック、その気温で着てゆくものを決めると、やり直しにならないよう、わざとゆっくり着てゆきます。ボタンをかけ違えたりしていると、すぐに三十秒くらい経ってしまいます。アクション映画みたいな華麗な動作でメイクボックスをベッドの下から取り出して開け、眉《まゆ》とアイシャドウとアイラインだけほんの少しやります。学校帰りでベースをなにもしていないので、本当に少しだけ、気休めです。髪にざっと櫛《くし》を通して、上着を着て、目覚まし時計を見ると、残り時間は四十五秒。

「お姉さま、ちょっと出かけてきます」

わたしの忙しそうな様子がわからないお姉さまではないはずなのに、

「あら、そのスカーフ、いいな。誰にもらったの？　——って、決まってるか」

お姉さまはいろんなことをお見通しのようです。

「夕ご飯までには帰ります」

「こら」

いったいなにが、と考えて、すぐに思い出します。

「……夕ご飯までには帰るね」

「いってらっしゃい」

玄関を出て、エレベーターで一階に降りると、もうハーモニカの音が聞こえています。曲は『ウエルカム上海《シャンハイ》』。いつもより情熱的な演奏に聞こえるのは、わたしの気のせいでしょうか。

日が落ちて、だいぶ冷え込んできています。わたしは白い息を吐きながら駆け寄り、

「お姉ちゃん！」

と声をあげて、夜色のマントを抱きしめました。

「ひさしぶり。ほっといてごめん」

「わたしは大丈夫。それよりお姉ちゃんが心配だった」

「私のなにがどう心配なわけよ」

「……寂しがり屋さんだから、寂しくて死んじゃわないかって」

お姉ちゃんはわたしの心配を鼻で笑いました。

「私なんて死んだら地獄行きだもん、そしたらもう初雪《はつゆき》と会えないでしょうが。死ぬに死ねないわ。

さて、いつまでも立ち話じゃ気が利かない。クルマ乗って」

お姉ちゃんの車に乗ろうとしてよく見ると、幌《ほろ》をつけています。異常事態です。雨も雪も降っていないのに、幌だなんて。

まわりを見ると、地味なスーツ姿の若い男が二人、三歩ほど離れたところから、お姉ちゃんを挟むようにして立っています。二人ともやけに厚みのある体格で、そのわりに二の腕があまり太くないのが変です。胴体になにか着込んでいるようです。二人とも、落ち着いた態度で、背中をまっすぐにしています。警官か兵士でしょう。

「ああこいつら？　用心棒。ちょっと借りてきた。出どころは聞くな」

「クルマの幌、どうしたの?」

「不用心だからつけろってさ。気の短い奴《やつ》らを敵に回してね。こいつらもその用心」

かなり危ない橋を渡っているようです。でもわたしはあまり心配していません。お姉ちゃんの顔に、心配無用と書いてあります。わたしが川井《かわい》さんのところに行ったころとはぜんぜん違う、自信のありそうな様子です。

車が走り出すと、あの二人は、別の車に乗ってついてきます。車は白のワンボックスのワゴン車で、運転手はあの二人ではなく、あらかじめ乗っていた人です。

「うちに張りついてた物騒《ぶっそう》な連中は、なんとか追い返した。もう、うちに帰っても安全だよ。帰るっても、近藤紡《こんどうぼう》株の件はまだ終わってないから、一晩だけ。いつにする?」

「日曜」

日曜日はお店が休みなので、わたしがいなくてもお姉さまは苦労しません。

「わかった、迎えにいく。

期末試験、今日で終わったよね。どっか行く?」

「夕ご飯までには帰るって言って出てきたの」

「ご飯はどうしてる? あいつ、学校以外で包丁なんか握ったことないって自慢してたよ」

しばらく川井さんの噂《うわさ》話をしながら近所をぐるっと回ってから、いつもの夕ご飯の時間に間に合うように、川井さんの家に帰りました。

「おかえりなさい」

お姉さまはいつものとおりカウチに寝そべって本を読んでいます。

夕ご飯の用意はまだのはず、と思ってキッチンをみると、すっかり用意ができていて、炊飯器も炊けて保温になっていました。炊飯器の炊ける時間からいって、わたしが出かけてからすぐに炊きはじめたはずです。これは不思議です。いつもなら夕ご飯はもう二十分くらいあとです。

それでも、夕ご飯に間に合わなかったのは事実なので、
「遅くなってごめん」
「まだそんな時間じゃないのに、って思ったでしょう？　ささやかな意地悪」
今度は、がっくりしません。鼻歌でも歌いたくなってきます。こんなお姉さまは、意地悪というよりは、いじらしくて。

*

あの物語には、続きがある。

これでしばらくは、置いてけぼりを食わずにすむだろう。だが、しばらくのことだ、とHは思った。山賊頭《さんぞくがしら》がくたばるのが先か、Mの気が変わるのが先か、知れたものではない。

命は惜しいが、財宝も惜しいし、約束を破りたくない。そこでHは、山賊頭との一対一の

戦いに備えることにした。

　Hは家の中の物音に聞き耳を立てて、山賊頭が表口にかまっている気配がするのを待った。そういう気配がするたびにHは、扉の前からそっと離れて、裏口のそばに穴を掘った。ほんの五、六回もシャベルを振ったら、そっと扉の前に戻り、また聞き耳を立てて機会を待つ。これを繰り返して、Hは少しずつ穴を深くしていった。

　扉の前から離れるのは、たとえ短いあいだでも、危ない橋だった。もしそのあいだに山賊頭が裏口を試しに蹴《け》ったら、押さえる者のいない扉はあっさりと開いてしまい、すると山賊頭はただちに手近にいるHを殺すだろう。かといって、Mに逃げられたときになんの備えもなければ、Hの命はない。危険を冒しながら、Hは穴を掘り下げていった。

　Hはこの穴を落とし穴にして、山賊頭を罠《わな》にかけるつもりである。


　実際の物語では、『山賊頭』は時とともに性質を変える複雑な存在だった。姉の工作を『落とし穴』に喩えるのも単純すぎる。姉の工作は『山賊頭』の性質を変えるものでもあった。「閉じ込める」という喩えはさらに不適切で、『山賊頭』はこのとき逼塞《ひっそく》してはおらず、剥《む》き出しの暴力によって姉の身を猛然と脅《おびや》かしていた。

　たとえば、姉の表向きの仕事は会社社長だったが、その会社のオフィスが強力な爆弾でフロアごと吹き飛ばされた。私の知るかぎり、姉の会社のオフィスがこれほどひどく破壊されたことは、後にも先にもない。事の性質上、この事件はほとんど報道されなかったし、姉や川井愛《かわいめぐみ》も私には教えなかったので、あのころの私には知る由《よし》もなかった。

出歩くことが危険でも、姉は隠れているわけにはいかなかった。『落とし穴』を掘らずに無為に過ごすほうがさらに危険だと、姉は判断していた。

十八日目

私の部屋にはＴＶがない。

この川井愛《かわいめぐみ》の家でも、本来の我が家でも、私の部屋にはＴＶがない。あまり欲しいと思ったこともない。ＴＶを見たければ居間にゆく。誰かが見ている番組の裏番組が見たいときは、ＨＤＤレコーダーに録画しておいて後で見る。この家にはＨＤＤレコーダーはないけれど、川井愛はほとんどＴＶを見ないので、裏番組になることはない。

裏番組になることはないかわりに、川井愛はいつも居間で本を読んでいる。私がＴＶを見ると、川井愛の読書の邪魔になる。それで、ちょっと敷居が高い。

もし、見たい番組があってＴＶを見るのなら、はっきり「これが見たい」と言える。「これが見たい」と言えば、川井愛も興味を持って、一緒に見てくれる。けれど、これといって見たい番組もなく、だらだらと過ごすためにＴＶを見るのは、川井愛が居間にいないときだけだ。

いつもいつもだらだらしたいわけではない。でも、今日は試験休みの一日目、盛大にだらだらしたい。ぼんやりとＴＶを見て夜更《よふ》かししたい。

でも、そのために川井愛に向かって「だらだらしたいの」と言うのは、ちょっとおかしい。そうやって自己主張してまでだらだらするなんて、それではなんだか、けじめがついてしまって、だらだらできない。

それで私は、ＴＶをあきらめて、ラプンツェルごっこをはじめる。

ラプンツェルは、王子さまがやってくるまで、男というものを見たことがなかった。きっと、男という概念さえ知らなかった。魔女が教えなかったから。もし知っていればラプンツェルは、男というものに興味を持っていたはず。もし教えていれば魔女は、男を避けることも教えたはず。

ラプンツェルが暮らす塔の部屋には、ラプンツェルが知っていいことだけ詰まっていた。魔女が選び抜いて作り上げた、小さな偏《かたよ》った世界が、ラプンツェルの部屋だった。

私はベッドに寝転がり、天井を見上げて、考える——

この部屋は、ラプンツェルの部屋だ。大きな鏡はあるけれどＴＶはない。ＴＶは、私が知ってはいけないことを映してしまうから。クローゼットはあるけれど本棚はない。本棚は、私が覚えてはいけないことを残してしまうから。

川井愛が私に与えた、この小さな世界は、どんな具合に偏っているのだろう。

ノックの音がした。

「初雪《はつゆき》、起きてる?」

「うん」

起き上がって、部屋のドアを開ける。川井愛がパジャマ姿で立っていた。

「こっち来て」

居間に連れてゆかれた。

天井の蛍光灯は消してあり、カウチのそばのランプだけで部屋を照らしている。本を読むときの明かりではない。川井愛《かわいめぐみ》がここで本を読むときには両方ともつけている。

「そこにいて」

カウチの隅を示されて、私はそこに腰かけた。川井愛は、私の座っているほうに頭を向けて、カウチの上で横になって身体《からだ》を丸めた。目をつぶっていて、なんとなく疲れているように見える。

「どうしたの？」

「なんにも」

魔女はラプンツェルにどう接したのだろう。

そして、ラプンツェルは魔女に、どう接したのだろう。

*

わたしの左手のそばに、お姉さまの横顔があります。

おとといもこんなふうに、ここにいるようにと言われて、カウチに腰かけていました。あのときは、文《あや》ちゃんからメールがきて、お正月の話をして、頰《ほお》をはたかれて。

きょうはもう文ちゃんとのメールのやりとりはすませたので、メールに割り込まれることはありません。

わたしの左手のそばに、お姉さまの横顔があります。

おととい、お姉さまはわたしの頭を撫《な》でてくれました。だからわたしも、お姉さまの頭を撫でてみます。

なでなで。

お姉さまのまぶたが少し開いて、瞳《ひとみ》がわたしをとらえます。

手をひっこめると、まぶたが閉じました。なにもかも元どおりです。

そこにいて、とお姉さまは言いました。だからわたしはここにいます。

でも何かが。

おととい、お姉さまは、わたしの頭を撫でて、わたしの体温のことを尋ねました。

あれは。

ラプンツェルは、王子さまがやってくるまで、男という概念さえ知らなかったはずです。でもわたしはラプンツェルではないので、それくらい知っています。もっといろんなことも、恋のことも。知っているはずだと、思っていました。

お姉さまのくちづけは。

先週、わたしにくちづけたとき。『理由があったら、こんなこと、しない』と、お姉さまは言いました。初雪《はつゆき》のことが好きだから、とか言わずに。もしそういう理由を言われていたら、拒《こば》んでいたと思います。

でも今ならわかります。

理由は、ないのです。

もしいまから、わたしがお姉さまに、頭を撫《な》でる以上のことをしても、それもやっぱり、理由はないのです。

しない理由はたくさんあります。

姉と妹、という関係でいるのが難しくなります。お姉さまにとってはちっとも難しくないかもしれません。でもわたしは困ります。

やりかたをよく知りません。勉強しておけばよかったと思います。でも実際にこんなことになる前に、そんな勉強をするつもりにはなれません。相手が男のひとならともかく、女のひとと。ありえないような気がします。

下着がかわいくありません。誘われたときならともかく、誘うときにこれでは間抜けです。

お姉ちゃんは、「女は常在戦場《じょうざいせんじょう》」と言って、素敵な下着しか持っていません。いまさら納得です。

しない理由をいくつも数え上げて、もう頭も撫でません。

十九日目

せっかくの試験休み期間なのに私は、魔女の住む穴蔵にいる。読みかけの本がここに置いてあって、ほかに行きたいところもなくて、川井愛《かわいめぐみ》についてきてしまった。

穴蔵の奥で、障子《しょうじ》の向こうに川井愛の存在を感じながら、いつものように、ラプンツェルごっこをしようとする。

でもうまくいかない。

川井愛は私を、塔に閉じ込めて、見せたくないものから遠ざけて、好きなようにして、私はそれを嫌だとか好きだとかさえ思わない——そこまではうまくいく。でも私は川井愛のことを。

ラプンツェルはきっと、そんなことは思わなかったはず。塔があるように魔女がいるのだと思っていたはず。魔女から与えられるものをただ受け入れて、与えられたものだけがこの世のすべてで、自分で手をさしのべてなにかを求めたりはしなかったはず。

ゆうべ、川井愛の頭を撫《な》でたときの感触が、まだ手から消えない。もうちょっと先まで手をさしのべれば、もっといろんなものに手が届いた。

川井愛のことを思うと、手が届いたはずのものにばかり、気持ちが向かってしまう。

もうラプンツェルごっこはできない。

二十日目

およそ三週間ぶりの我が家で、わたしは思うさま、だらだらしています。

「あんた何時間TV見てんのよ」

あきれてお姉ちゃんが言いました。わたしもそう思います。

お昼に帰ってきて、それから夜までずっと、ほとんどコタツから出ないままです。川井《かわい》さんに気がねせずにTVを見られるのが、こんなに気楽なことだったなんて。毎日こんなのでは嫌になるでしょうけれど、きょうは楽しくてしかたありません。

「お姉ちゃん、みかんむいて」

気力がかけらもないので、みかんをむくのさえ面倒くさいわたしです。

「いいけど、そのかわりにこれ、横にしてみて」

そう言ってお姉ちゃんは、わたしの目の前に、ティッシュの箱を縦にして置きました。

「なにそれ」

「いいから横にしてみて」

「罠《わな》？」

「自分でみかんをむくか、これを横にするか、どっち？」

「どっちも嫌」

「これがほんとの、『縦のものを横にもしない』ってやつか」

そう言いながらも、お姉ちゃんはみかんをむいて、ひとふさずつ食べさせてくれました。

ふと、月曜日の計画のことを思い出して、お姉ちゃんに尋ねました。

「お姉ちゃんは、川井さんのこと詳《くわ》しい？」

「さてね。あんたよりネタの量は少ないし質もイマイチだけど、ネタの出どころが多い。あんたの出どころはほとんど全部、本人から直接でしょ。出どころにバリエーションがないと、盲点がごろごろあるもんよ」

「文《あや》ちゃんのこと、川井さんはどう思ってる？」

「そりゃー、わかんない。家族の話なんて振らないし。振ったら勘繰られる。自分から話したこともないみたい。これも当たり前だね。自慢するような話じゃないもん」

そのとき、噂《うわさ》をすれば影。わたしの携帯に、文ちゃんからメールが届きました。

『こんばんは。

いま、おうちにいるんだよね。葉桜《はざくら》さんによろしく。

チェロのお稽古《けいこ》は、明日も普通にあるよ。でもなんでそんなことをきくの？

お姉さまは、クリスマスのプレゼント、なにがほしい？　私はスリーピーベアのお年玉袋がいい。大晦日《おおみそか》に配って、お年玉をもらうの。

Love, 川井文』

文ちゃんはお正月は、京都のおじいさまのところへ里帰りするそうです。親戚《しんせき》が集まっているでしょうから、そのひとたちに配るのでしょう。

「文《あや》ちゃんがお姉ちゃんによろしくだって」

「あん？　こんな大人とよろしくしてると、ろくな子供にならねーぞ、って返事しといて」

わたしはお返事を書きました。お姉ちゃんの『返事しといて』は無視です。

『前略ツインテール殿
スリーピーベアのお年玉袋、探しておくね☆　わたしはお菓子がいいな。文ちゃん、クッキーとか作る？

お稽古《けいこ》のこときいたのはね、明日、いいことがあるから♥　楽しみにしといて。

おやすみなさい。

Love, 佐藤初雪《さとうはつゆき》⛄』

メールを出し終えると、

「みかんはむかなくても、あのガキんちょにはメール打つんだ。そんなに面白いガキかね？」

「お姉ちゃんも打ってほしい？」

「必要なときになったらね」

いまがその必要なときなので、わたしはメールを打ちました。

『お姉ちゃん、大好きだよ。

佐藤初雪⛄』

「出したよ」

「あっそ」

「見ないの？」

着信音がなかったところをみると、お姉ちゃんはいま携帯を手元に持っていないようです。

「どーせまた、こっ恥《ぱ》ずかしいこと書いてんでしょ。あとで見る。佐藤葉桜《さとうはざくら》はクールビューティ。こっ恥ずかしいメールでニヤニヤしたりしないんだわ」

と言いながらも、お姉ちゃんはニヤニヤしています。

二十一日目

今日は夕方から、お店にバイトの人がくる。川井愛《かわいめぐみ》はこの人に店番を引き継いで、家に帰る。私も一緒に帰る。

川井文《あや》のチェロのお稽古《けいこ》は午後六時からなので、お店に置いていく形になる。別れ際、

「おばさま、今日の『いいこと』って何？　まだ？」

「もうちょっと待ってて。きょうじゅうだから」

「なにかしらね。私も楽しみ」

川井文を置いてお店を出て、車に乗るなり、私は言った。

「きょう、文ちゃんを、おうちにお泊まりさせてあげて」

「あら、びっくりした。ずいぶんいきなりね」

口ではそう言いながら、川井愛は少しも動じていない。サイドブレーキを戻して、車を発進させる。川井愛は姉ほどは運転がうまくない。アクセルの踏みかたが雑で、急加速が多い。その雑さもいつもと変わりなかった。

「いきなりじゃないと、うまくいかないと思ったから」

「前もって用意したら、なんだか重たくなるでしょうね。

——でも、もし文のパパがそういうのにうるさいひとだったら、どうするつもりだったの？『突然の電話一本だけで娘を外泊させるような軽率《けいそつ》な育てかたはしていない』、なんてひとかも」

「文ちゃんのお父さまのことは、いろいろ話をきいてる。そんなんじゃないって思った」

それに川井文の父親は、家出した妻のことを、いまでも愛しているらしい。川井愛が頼めば、なにか事情がないかぎり、きいてくれそうだ。

「用意周到、ってわけか。さすが葉桜《はざくら》さんの妹」

「お姉さまの気持ちは、どう？　お泊まりさせてあげるのは嫌？」

「――一足お先にクリスマスね。いいんじゃない？」

川井愛の態度にためらいを感じて、私は祈った。二人がうまくいきますように。

＊

文ちゃんのお稽古先は、まるで普通の一軒屋でした。坂のきつい住宅街で、お稽古場は階段の上にあります。もし看板がなかったら、音楽教室をやっているところだとは絶対にわかりません。防音なのでしょう、楽器の音はかすかに聞こえるだけです。

その階段のそばに車をとめてもらい、文ちゃんが出てくるのを車の中で待ちます。

「文は何時に寝るのかしらね」

「十時だって」

「あら、初雪《はつゆき》と同じじゃない」

「同じような生活してるもん。学校に行く時間とか」

文《あや》ちゃんの通う小学校は私立で、電車に乗って通学しているそうです。わたしの通学もやっぱり電車で、通学時間も始業時間も同じようなものですから、起きる時間も自然と同じくらいになります。

「ふたりとも健康優良児で結構なこと」

「お姉さまは夜更《よふ》かししてたの？」

「中学のときは、十一時だったかな。学校が近かったし」

「学校は歩いて——あ、出てきた。行ってくるね」

車から降りて二、三歩あるくと、思ったより冷え込みがきついことに気がつきました。息が綿みたいに真っ白で、靴の底から足が冷えてきます。まだ夜の八時なのに。そういえば天気予報では、明日の明け方に雪が降るかもしれないと言っていました。なるほどこれは雪になりそうなお天気です。

上着を車内に置いてきてしまったので、さっそく寒さが染みてきます。でもそんなに長いあいだ外にいるわけではないので、大丈夫でしょう。

文ちゃんは、大きなチェロケースを背中にかついで、階段をそろそろと降りてきます。

「お疲れさま」

文ちゃんは顔をあげると、立ち止まって、

「こんばんは。母も一緒？」

　意外なところで待ち伏せたはずなのに、文ちゃんは驚いていません。読まれていたのでしょうか。

「うん。愛《めぐみ》さんはあそこ」

　階段のそばにとめてある車を指差すと、文ちゃんはうなずいて、

「ここの場所は、葉桜《はざくら》さんから？」

「うん」

「葉桜さんが絡んでるってことは、おばさまがここにきたのもお仕事のうち、と」

　文ちゃんの声や言いかたがどことなく硬いので、それに薄暗くて文ちゃんの顔があまりよく見えないので、わたしもちょっと硬くなってしまいます。

「そう。手伝ってちょうだい？」

「なにさせるつもり？」

「愛さんのうちにお泊まり」

　そのとき文ちゃんは、ふらっ、と倒れかけたように見えました。

　倒れかけたというのは、チェロケースのせいで大げさに見えただけでしたけれど、動揺しているのは確かなようです。

　急に寒さを感じて、両腕で胸の下を覆《おお》います。

「愛《めぐみ》さんのおうち、見たくない？　ご飯もこれから作るの」

「それ、おばさまのお仕事と、どうつながるの？」

「お泊まりするの嫌？」

すると文《あや》ちゃんは返事のかわりに、わたしの腕をつかみました。腕を力強くひっぱりながら、お姉さまの車のほうへと向かいます。

「おばさまのうち、離婚とかしてないでしょう」

文ちゃんの声が怖くて、怯《おび》えてしまいます。怒らせてしまったのでしょうか。でも、原因にまったく心当たりがないのです。

「うん。――もしかして、怒ってる？　どうして？」

「怒ってる。わけは、あとで」

＊

川井《かわい》文は、川井愛の前では、怒った様子はまるで見せなかった。けれど、いつもお店で会っているときより、微妙に距離を置いていた。

たとえば、夕食の最中、

「ママはご飯のときＴＶつけるんだ？」

「お行儀が悪い？」

「うちは、つけちゃいけないの」

やけに『うちは』を強調していた。

もうひとつ、たとえば、キッチンで食器を洗ったあと。

「ママは食器洗ったあと、ふきんで拭《ふ》かないの？」

それは私も気になっていた。川井愛はいつも、ぬれた食器を水切りカゴに立てたままにしておく。食器棚に戻すのは、自然乾燥したあとだ。

「なんとなく油っぽくなるから嫌」

「ふきんの洗いかたが悪いんじゃない？」

「文は自分で洗ってるの？」

「うちは、食器洗い乾燥機でやってるから」

このときもやけに『うちは』を強調していた。

そんな態度を見ているうちに、わかってきた。川井文は、自分のうちが自分の居場所だと主張している。自分のうちは川井愛なしで成り立っている、と主張している。川井愛に向かって、『ママはうちのひとじゃない』と暗に言っている。

どうしてそんなことをするのかは、わからない。好きでやっているのではない。それは川井文の様子を見ればわかる。『うちは』を強調してしゃべるとき、川井文は暗い目をしている。

お風呂がすむと、私が眠りにつく時間まで、もう間もない。ドライヤーで髪を乾かしながらあくびしている私を見てか、川井愛《かわいめぐみ》が川井文《あや》に尋ねた。

「文はどっちの部屋で寝る？　初雪《はつゆき》の部屋か、私の部屋か」

「おばさまの部屋がいい」

その瞬間、川井愛が目を伏せたのを、私は見逃さなかった。

*

「私は母のこと好きだけど、うちに帰ってきてほしいなんて思ってない」

その最初の一言で、もう謝りたくなりました。

なぜ文ちゃんがこんなことを言うのか、わかりません。でも、こんなつらいことを言わせてしまうだなんて、それは絶対に悪いことだと思います。

「母は悪いことなんかしてない。私を育てることより大事なことがあれば、そっちを取ってほしい。

でも父は、そこまでわかってくれない。『文は母親が恋しいんじゃないか』って思ってる。こういうのは私がなにか言ってもだめ。『好きだけど、帰ってきてほしいなんて思ってない』

なんて口で言っても、額面どおり受け取ってくれない。態度で示さないと。離れて暮らしてるのがちょうどいいんだ、って。

母がここにきてから、私はずっとそうしてきた。母だって、そう。復縁したがってるなんて思われないようにしてきた。

なのに今日のこと、父がどう思ったと思う？　おばさまの考えたことだなんて父は知らないし、わざわざ言い訳するのも変だし」

額面どおりに受け取れないのは、わたしも同じです。

もう二度と、お姉さまが文ちゃんを捨てずにすむように、お互いあまり近づきすぎないようにしているのだと、わたしは受け取りました。今またお姉さまがどこかに行ってしまっても、文ちゃんを捨てたことにはなりません。だから二人して、いまの距離を保つのです。文ちゃんのお父さまには、そこのところがわかっていないのでしょう。わたしがそうだったように。

「ごめんね」

ややこしくて重たい話なので、それだけ言うのがやっとでした。

「これからまたしばらく、変に気を遣われたり、探りを入れられたりするんだよ。やんなっちゃう」

「ごめんね」

「もういい。いまさらしようがないし。おやすみなさい」

ここはわたしの部屋で、わたしと文《あや》ちゃんはベッドに腰かけていました。明かりはベッドサイドのランプだけで、大きな鏡はもう布をかけて覆《おお》ってあります。床にはわたし用の布団が敷いてあります。

おやすみなさいを言った文ちゃんは、床に敷いてある布団に入ろうとしました。

「ベッドで寝なさい。文ちゃんはお客さま」

「おばさまは母のお客さまだもの」

偽の妹と、実の娘、どちらが本当にお客さまかといえば、難しいところです。

「お客さま？　じゃあ、お客さまが、床がいい、って言ってるの。ベッドは嫌だ、って」

「あした母に叱《しか》られたら、かばってよ」

「うん。

——すぐ戻ってくるから、先に寝てて。ベッドで」

「はーい」

わたしはお姉さまのところに行きました。いつものように、居間のカウチに寝そべって、本を読んでいます。

お姉さまの格好は、青みがかった灰色のパイル地のパジャマに、空色の薄手のカーディガン、足元は黒いベッドソックス。ゆるい格好なのに、不思議におしゃれに見えます。

「あの、お姉さま」

「なーに?」

「きょうは、ごめんなさい」

「なにが?」

「お姉さまと文ちゃんのこと詳しくないのに、お泊まりさせてあげてなんて言って、ごめんなさい。さっき文ちゃんから、ちょっとだけきいた。──」

なにをきいたのか、言おうとして、飲み込みます。『私は母のこと好きだけど、うちに帰ってきてほしいなんて思ってない』という言葉は、わたしの口からは言えません。

わたしの深刻そうな顔がおかしかったのでしょうか、お姉さまは小さく笑いました。

「まわりがそうやって気を遣うから、あの子が窮屈《きゆうくつ》になるんでしょう。好きなようにすればいいの。虎穴《こけつ》に入《い》らずんば虎児《こじ》を得《え》ず。──なんて、私が言えた義理じゃないけど」

お姉さま自身は、好きなようにはしていない、ということ。

二人とも、なにかほかに道があるような気がします。でも、それがどんな道なのか、わたしにはわかりません。

「……おやすみなさい」

「おやすみなさい」

お姉さまは本を閉じて、カウチから起き上がりました。このごろはお姉さまも、わたしと同じくらいの時間に寝ているみたいです。

わたしが自分の部屋に戻ると、文《あや》ちゃんが床の布団に入っていました。

「こら」

自分の口から出た『こら』に、自分で驚きます。まるでお姉さまの『こら』です。イントネーションが伝染《うつ》ってしまったのです。

「はーい」

文ちゃんは素直にベッドに移り、わたしは床の布団に入ります。文ちゃんのぬくもりが残っていて、

「あ、布団、あったかい」

とつぶやくと、夜の静けさのなかに、息を飲む音がしました。文ちゃんです。

なにがそんなに、と一瞬考えて。

ぬくもりが。

文ちゃんのぬくもりが、わたしに伝わったと、感じさせてしまったので。

思い出します――期末試験が始まって二日目の夜、わたしが泣いてしまって、お姉さまに頬《ほお》をはたかれた夜、あのときわたしは、まず居間に呼ばれて、カウチのそばにいるように言われて、頭を撫《な》でられて、体温のことを言われて――

いまなら、わかります。あのときお姉さまが、なにをするつもりだったのか。文ちゃんからのメールが届いて邪魔されなければ、そうなっていたでしょう。

あのときのわたしにはわからなかったことが、文ちゃんには、わかるのです。

わかるということは。もしかして、いまのわたしのセリフは、まるで、誘っているように聞こえたのではないでしょうか。

『いまのなし、誤解しないで』なんて言い出すわけにもいかず、夜の暗さのなかで、わたしは息をひそめて、文ちゃんの様子をうかがいつづけます。

なんだかきょうのわたしは、虎穴《こけつ》に入っているというより、墓穴《ぼけつ》を掘っているような気がします。

二十二日目

川井文《かわいあや》は今日も学校がある。川井愛《めぐみ》が車で送るというので、私もついていこうとすると、

「おばさまはダメ。親子の話があるの」

と川井文が言うので、私はお留守番になった。

お店を開ける時間よりだいぶ早いので、送ったあとはいったん家に戻ってくる。私はひとりで、なにをするでもなく、ただぼんやりとしていた。

ふと思いついて、家のあちこちを開けてみる。

この家で半月以上も暮らしたのに、開けたことのない戸棚や引き出しがたくさんある。いつも川井愛と一緒に帰ってきて、ほとんど留守番をしたことがないので、好奇心で開けてみる機会もなかった。

たいていは空っぽだった。我が家は収納に苦労しているのに、この家は収納スペースが余っている。思い出の品がつまった戸棚があるとは期待していなかったけれど、普段は使わずにしまっておくものさえ、ほとんど見つからない。救急箱、お裁縫《さいほう》箱、工具箱、なにもない。

川井愛の寝室だけは、どこも開けたりせず、見るだけにしておく。

デザイナーズっぽくて値段の高そうな、オフィス用の机と椅子《いす》。机の上にはなにも乗っていない。

大きなクローゼット。もしかして、大切な思い出の品は、この引き出しのなかに入っているのだろうか。

そうしているうちに、私の携帯にメールが届いた。姉からだった。

『川井さんに聞こえないところに出て、こっちに電話して。急ぎじゃないから、怪しまれないように。今日の午前中ならいつでもいい。佐藤葉桜《さとうはざくら》より愛をこめて♥』

それで私は出かける支度《したく》をして、近所のスターバックスに向かった。

明け方に雪が降るかもしれない、という昨日の天気予報は外れた。空はよく晴れていて、猛烈に寒い。強い風でもないのに、寒さで耳が痛くなる。

スターバックスに着いて、かじかんだ指をしばらくコーヒーカップで温めてから、姉に電話をかけた。

「お仕事の追加。

明後日の朝まで、川井さんを見張ってて。できるだけそばにいるようにすること。いつもと違うそぶりがあったら、メールで私に知らせること。いい？」

「スパイ？」

無駄だ。私なんかに見透かされる川井愛ではない。

「情報を取れるなんて思ってない。でも突然今日から取ろうとしはじめたら、向こうは勘づく。こっちはお見通しだぞ、っていうメッセージになる。これが狙《ねら》い。

こういうことって直《じか》に相手に言うと荒《すさ》むけど、初雪《はつゆき》の態度を通して伝えれば、和《やわ》らぐんだわ」

電話を切ってから、気がつく。

『明後日の朝まで』と区切ったことには、どんな意味があるのだろう。

二十三日目

きょうの曲は、クリスマスらしく、『もろびとこぞりて』。

初めて弾く曲だそうです。演奏がいつもよりたどたどしくて、文《あや》ちゃんの唇もへの字になりっぱなしです。練習で身につける努力型なのかもしれません。それとも、チェロという楽器が、即興《そっきょう》的なことに向かないのでしょうか。

曲が終わると、お姉さまとふたりして拍手します。

「クリスマスって感じ」

「ご苦労さま、ありがとう」

お姫さまの優雅なお辞儀で演奏会が終わると、プレゼントの交換です。

わたしから文ちゃんへは、スリーピーベアのお年玉袋、十枚。既製品にはなかったので、メッセージカードから作りました。文ちゃんからわたしへは、手作りのチョコチップクッキー。あとで三人でおいしくいただくことにします。お姉さまから文ちゃんへは――

「……本物？」

箱を開けた文ちゃんの手が震えています。お姉さまは悠然と、

「ええ。パパには内緒にしときなさい。見せたら、『文にはまだ早い』って取り上げられるかも」

プラチナとダイヤモンドのネックレスでした。ダイヤモンドがあまりにも大粒で、値段を想像することができません。

けれど、すぐに文ちゃんは顔をしかめて、

「そういえば、ママは宝石も持ち出したって、おじいさまが言ってた」

お姉さまは家出したときに、家のお金をたくさん持っていったといいます。そのときのことでしょう。

「あら、泥棒のプレゼントは受け取れない？」

「……もらっとく」

「念のために言っとくけど、それは買ったの。文に似合いそうなのを選んだつもり」

文ちゃんからお姉さまへは、日めくりカレンダー。猫の写真で有名なものです。

「ママは猫が好きだって、パパが言ってたから」

「飼うのは苦手なんだけど。これなら大丈夫かな」

プレゼントを交換しているうちに、紅茶がはいりました。さっそく文ちゃんのクッキーを食べようとすると、

「ママからおばさまへは？」

「まだ秘密」

「ずるーい。おばさま、あとで教えてね。すごいもの、くれるのかも」

「じゃあ、わたしからお姉さまへのプレゼントも秘密」

キッチン用の調味料入れのセットです。

*

『明後日の朝まで、川井《かわい》さんを見張ってて』と姉に言われてから私は、時計を気にするようになった。

見張るように言われた期間が残り少なくなるほど、何事もなく終わる確率が高まるような気がする。そんなはずはないのに。どちらに転ぶにせよ、きっと川井愛《めぐみ》はもうとっくに心を決めている。

頭ではわかっていても、時計を見てしまう。

いまは午後九時半。お風呂もご飯もすんで、文《あや》ちゃんとのメールのやりとりも終わった。

今晩と明朝、なにもなければ――。

でも、どうして、『明後日の朝まで』なのだろう。

『できるだけそばにいるように』とも言われた。自分の部屋にいては、この言いつけに背《そむ》いてしまう。

川井愛はいつものとおり居間にいて、布張りのカウチの上で横になって本を読んでいた。

「あら、いいところにきた」

「なに？」

「そこにいて」

そう言って川井愛は、自分の足のあたりを指さした。

私はカウチに腰かけた。背中に川井愛の足が触れる。

少し寒い。足元から床暖房で暖めているのに。このところ夜はひどく冷える。今晩は雪かもしれない、と天気予報で言っていた。きのうもおとといもそんなことを言っていたけれど、まだ雨も降っていない。

もし降れば、初雪《はつゆき》。

「――ずばり、訊《き》くね。

文に、なにかした？」

「いいえ」

なにかされただけ、というのは黙っていた。

「あら、答えた。じゃあ、『なにか』ってなんのことだか、わかってるんだ。説明してみて？」

「友達とか親戚《しんせき》にはしないようなこと」

「たとえば？」

「セックスとか」

川井愛は、本を開いたまま、顔を上にあげて、私としゃべっている。表情は見えない。

「あら、正直。――信じていい?」

「友達でいちゃだめ?」

「だめじゃないけど、続かないでしょうね。用事はそれだけ」

「うん」

けれど私はカウチに腰かけたままでいた。

*

だって、『できるだけそばにいるように』と、お姉ちゃんに言われたのです。

お姉さまは起きあがって、まっすぐわたしを向きました。

「あら」

右手を、手のひらを見せるように差し伸べて、

「手」

左の手のひらを重ねようとしたら、手首をつかまれました。手のひらの側を、包むように軽く。

「やっぱり、体温が高いな」

これは。

どうしましょう。

そんなつもりでは——たぶん——なかったのに。わたしはそれとなく断ろうとして、

「きょうは寒いね。このごろずっとだけど」

「風邪ひいたら、看病してあげる。そういうの、したことないんだ」

「おうちがお医者さんなのに？」

「それって関係あるのかしら。

——じゃあ、お医者さんらしく、きいてみましょうか。性感染症にかかってる可能性はある？」

「ない」

「私もない、はず。だからって安心とはいえないけど。もしかしたら私の趣味がとんでもなかったりしてね？」

どうしましょう。

わたしはおずおずと尋ねました。

「……こんなこと、しなくていいのに。どうして、するの？」

もし理由があるのなら、わたしは逃げ出します。

もし、理由がないのなら。

ラプンツェルのように。

ラプンツェルが魔女しか知らないように。魔女にとってラプンツェルが唯一の存在であるように。

塔のなか、ラプンツェルの部屋で起こることには、理由がない。きっとラプンツェルは魔女のことを、母親や姉とは思っていなかった。世界にただひとりの、自分以外の人間、それだけだった。

それなら、どんなことでも起こる。ふたりの人間のあいだに起こることなら、どんなことでも。

*

ここは塔ではないけれど、ほんのしばらくのあいだなら、二人きりでいることはできる。

私はラプンツェルのように無知ではないけれど、ほんのしばらくのあいだなら、忘れることはできる。

少し明るすぎる。天井の明かりは消したい。少し寒い。暖房をもっと強くしたい。カウチに張ってある布の、目が粗いのが気になる。

でもラプンツェルは、仄明《ほの》かりを知らない。真冬の寒さを打ち消すほどの暖房を知らない。

肌ざわりのいいシーツを知らない。ラプンツェルは求めず、ただ与えられるだけ。

川井愛《かわいめぐみ》は黙っている。私を見つめながら。

『理由なんて、ないの』

ただそれだけ言ってくれさえすれば。

不意に川井愛は笑った。

「姉と妹でこんなことするなんて、おかしいね。おやすみなさい」

ラプンツェルは求めず、ただ与えられるだけ。

二十四日目

けさはライ麦パンです。食パンをピザトーストにして、ベーコンエッグとレタスサラダ。

「初雪《はつゆき》のその格好、ひさしぶりね」

わたしは一週間ぶりに学校の制服を着ました。きょうは終業式です。

「お姉さまの学校は制服だったの?」

「ええ。デザイナーズ制服のはしりで、変な制服だった。いま見たらもう普通なんだけど、当時はね」

ゆうべのことは後を引かずに、いつもどおりの朝です。ちょっと心配していましたけれど、大丈夫でした。まえにキスしたときも、あとは普通でしたし。

いつもどおりですから、お姉ちゃんに知らせる必要もないと思います。

朝食をすませて、コートを着てマフラーをつけて、靴《くつ》を履いて、カバンを持って。

「いってきます」

「いってらっしゃい」

マンションの外に出ると、けさもひどい寒さです。雪が降るかもしれない、という予報は今回も外れです。ただ、雲はどんよりと厚くて、いまにも降り出しそうではあります。午後の降水確率は七〇パーセントというので、傘《かさ》は持ってきました。降れば、今度こそ、雪のはずです。

＊

終業式のあと、駅までの帰り道を、友達ふたりといっしょに歩いていたら。

「あのクルマ、葉桜《はざくら》さんのと同じじゃね?」

友達のほうが先に見つけてしまった。見慣れたコンバーチブルのクーペの後ろ姿、ナンバーも同じ、つまり姉の車そのものだ。

「いや幌《ほろ》がついてるよ?」

別の友達が目ざとく指摘した。

「いま気温氷点下だべ?　いくら葉桜さんでも死ぬべ」

「いや死なないって、顔にツララ垂らして走るって」

「つゆにきけば一発だわ。どう?」

「うん、あれは姉のクルマ」

いくら姉でも、これくらい冷え込んだときには幌を使う。それに先日、用心のため幌を使うように言われたと話していた。

「ほらみろ」

「そっかー。葉桜さーん!」

言いながら小走りに駆け出す。

「抜け駆けかよ!」

負けじと走り出した。私は歩みを速めるだけにする。

車のドアが開いて、姉が姿を現す。夜色のマント、手にはハーモニカ。ファンファーレのようなものを短く吹き鳴らしてから、

「可憐《かれん》なる鈴蘭《すずらん》の君、ひさしぶりー。咲き誇れるダリアの君もひさしぶり。みーんな愛してるよー？　それじゃあみんな、いってみようか！　せーのっ、ギブミーチョコレート！」

「『ギブミーチョコレート！』」

「クリスマス、粉砕！」

「『クリスマス、粉砕！』」

「ありがとう、みんな！　でも、今日はこれでお別れ。残念だけど、解散！　さようならー！」

「さようならー！」

「初雪《はつゆき》も、ばいばーい」

ふたりはそのまま駅へと向かい、私と姉が残った。

「……文《あや》ちゃんともあの調子？」

「一対一であんなん無理よ。ノリのいい子じゃあるんだけど。あの子のチェロとセッションしてみたいもんだわ。

しっかし今日は寒いわ。乗って」

車はいつものとおり滑るようにふわりと発進した。

道の前後をよく見ても、このあいだのワゴン車は見当たらない。もう危険は去ったらしい。

「クリスマス、粉砕！　……ってことで、破壊活動が一件。

川井《かわい》さんが約束を破った」

＊

お店には、『都合により当分の間休業いたします』の張り紙。

家に行ってみると。布張りのカウチ、お姉さまのクローゼット、食器、靴《くつ》――お姉ちゃんがつぶやきました。

「なるほどね。服とか食器とか靴とか、身体《からだ》に触れるものには愛着があるわけだ」

身体に触れるもの――わたしが持っていってもらえなかったのは、そのせいでしょうか。

テーブルの上に、書き置きがありました。

『初雪へ。

クローゼットと鏡は、欲しければあげる。

文によくしてあげて。

さようなら』

その書き置きの上に、コスメの紙バッグ。中にはネイルカラーと、「Merry Xmas!」と書いたメッセージカードが入っていました。

文《あや》ちゃんはプラチナとダイヤモンドのネックレスだったのに、と不公平が恨《うら》めしくなります。文ちゃんは実の娘ですから、偽の妹のわたしとはちがって当たり前なのに。まるで、すぐにでもお姉さまが帰ってきて、『文によくしてくれた？』とでも――

「もうじき文ちゃんがくるよ」

お姉ちゃんに言われて、泣きやみます。わたしでさえこんなにつらいのですから、文ちゃんはどれだけ悲しいことでしょう。わたしがしっかりしなければ。

気になっていて、けれど怖くて訊《き》けなかったことを、口に出してみます。わたしがしっかりするために。

「川井《かわい》さんが約束を破ったら、お姉ちゃんはひどいことになるんじゃなかったの？」

『うん。今日で初雪《はつゆき》とはお別れ』――そんな答えが返ってきたら、と思うと、怖くて訊けませんでした。

「三割はある、って初雪が知らせてくれたから、対策しといた。一割くらい死にそうなヤバい橋を渡ったけどね」

「どうして川井さんは約束を破ったの？」

「そりゃ本人しか知らないわ。推理することはできるけどさ。

たぶんねー、私が邪魔だった。私のこと、『ラプンツェルの魔女みたい』なーんて言ってたし。そういう自分は王子さまかよ。鏡を見ろってのよ、こーの三十路《みそじ》バツイチお嬢さまが」

「ラプンツェル？」

ラプンツェルの魔女の役は、お姉さまのはず。どうしてお姉ちゃんが──

「似てるって言うんだわ。

親から娘を奪って、自分のものにしてるところとか。いや奪ってない、ちゃんと一緒に暮らしてるっての。あと、自分のいいように育ててるところとか。妹を愛してなにが悪いっての、自分がひとりっ子だからって僻《ひが》むなよ。

一番効いてるのは、うちの建物かな。空中にぽつんとあるから、塔っていや塔だ。家族みんな一緒だって言われても、あんなビジュアルだとイメージがわかないかも」

ラプンツェルの王子さまは。

怪我《けが》で目が見えなくなって、野山をさまよいます。いっぽうラプンツェルは塔から追い出され、こちらも野山をさまよいます。ふたりは長い流浪《るろう》の末にめぐりあい、すると王子さまの目も治って、めでたしめでたし。

でも、わたしとお姉さまは、お互いの身体《からだ》にほとんど触れていません。

どうしてでしょう。それは簡単なこと。お姉さまは王子さまではなく、わたしはラプンツェルではないからです。

だから、長い流浪なんかしなくても、すぐにでもめぐりあうことができるはず。

チャイムの音がして、玄関に迎えにいきます。文《あや》ちゃんです。

「ママが、失踪《しっそう》したって、どういうこと？」

その顔が。いつもは頬紅《ほおべに》をさしたような頬がいまは真っ白で、いつもは血のように赤い唇がいまは真っ青です。

「それはねー、初雪《はつゆき》のせい」

これはお姉ちゃんの不思議な魔法です。冷静でないひとに対しては、話をこんがらからせて、頭を冷やすように仕向けます。

すると、いきなりでした。

文ちゃんの右ストレートが、わたしの目の上に。

わたしがよろけた次の瞬間、お姉ちゃんが文ちゃんを羽交《はが》い絞《じ》めにしました。

「あのさー、初雪をグーで殴った奴《やつ》には、新しいお友達を紹介してあげるんだ。新しいお友達は、お魚さんがいい？　虫さんがいい？」

お魚さんは海のなか、虫さんは土のなか。

「ちょっとお姉ちゃん！」

お姉ちゃんなら、やりかねません。

「冗談よ。

あんたも泣くな。用があるんだわ。終わってからひとりで泣いて」

文《あや》ちゃんは泣きじゃくっています。

「まったくもー。いずれこうなるってことくらい、わかってたでしょうに」

「あんたなんかに、なにがわかる！」

「そう、あたしゃ無神経なわからずや。

――ところでさー、あの古本屋からここまで、どうやって来た？」

するとに驚いたことに、文ちゃんの涙が止まりました。文ちゃんはもじもじしながら、

「……タクシー」

「料金はどうしたの？」

「……下で待ってもらってる」

「それじゃ、立て替えてあげるから払ってきなさいな。領収書をもらってくること。お釣りは返すこと」

文ちゃんはお金を受け取ると、玄関を出ていきました。

「めそめそする前に、用をすませろっての。ったく」

「どうして文ちゃんがタクシーで来たってわかったの？」

「この寒さなのに、髪の毛がやけにあったかいから、こりゃクルマだなって。初雪《はつゆき》、その顔、すぐ冷やすよ」

お姉ちゃんはやっぱり素敵です。

＊

川井文《かわい》に状況をわからせ、タクシーで家に帰し、私の荷物を荷造りして宅配便で送り、そうしてやっと、姉と私は家路についた。

殴られたところは、まだほとんど腫《は》れていない。でも一応、みっともなくないように、眼帯で覆《おお》ってある。片目で見る世界はなんだか嘘《うそ》くさい。

やることがなくなると、どんどん気持ちがつらくなってくる。家でひとりになるまでは、泣かないつもりなのに。黙っていたらもっとひどくなると思って、姉に訊《き》きたいことをあれこれ考えてみる。

昨日の夜のこと。『どうして？』と訊かれて、川井愛《めぐみ》が立ち止まってしまったのは――もうあのとき約束を破っていたのだろうか。それとも。

「川井さんが約束を破ったのは、いつ？」

「昨日の二十三時すぎ。あんた、なんかしちゃった？」

もしかしたら川井愛は、姉と妹ではなくなろうとして、約束の外に出ようとして。それとも、あのときにはもう決心を固めていて。わからない。

「いま、川井さんはどこにいるの？」

「まだ東京かな。後始末してるはず。しばらくしたら館山《たてやま》あたりにいるかもね。その
あのひとの縄張りは在千ロシア海軍だから、しばらくしたら館山あたりにいるかもね。その
先は、わかんない。もう隠居したひとだし」

館山にはロシア太平洋艦隊の基地がある。

会話が途切れると、涙がこみあげてくる。恐ろしい疑いまで、口にせずにはいられない。

「約束を破ったのは、……本当に川井《かわい》さん？」

疑い――姉が約束を破ったうえに、私に嘘《うそ》をついて、川井さんのせいにしているのだとし
たら。川井さんが失踪《しっそう》したのは、姉が約束を破ったせいだとしたら。

私の疑いに、姉は怒りもせず、

「初雪《はつゆき》が私を信じてくれる心に誓って、約束したの。初雪が私を信じてくれないんなら、私は
生きていたくない」

「ごめんなさい」

「いいって。疑わずに信じろなんて、神様じゃあるまいし。川井さんも喜ぶよ」

もっと話すことを――そうだ、お話。

「川井さんにはラプンツェルの王子さまなんて似合わないけど、なにが似合うと思う？」

「そうねー。『どろぼうの名人』。話したことあるっけ？」

私はかぶりをふった。

泥棒。川井愛《めぐみ》によれば、泥棒の終わりは、天国なのだという。

＊

それは農夫と、領主さまと、泥棒のお話です。

昔あるところに、年老いた農夫がいました。ある日、農夫のところに、立派な馬車に乗ったお金持ちの旦那《だんな》さまがやってきました。

「これは旦那さま、どんなご用でしょう」

旦那さまはにこにことして、

「田舎《いなか》の料理が食べてみたい、それだけです。あなたがたがふだん食べるとおりのものを、あなたがたと同じテーブルで、あなたがたと一緒に楽しくいただきたいのです」

「これは物好きな。しかし、なるほど、旦那さまのようなご身分の高いおかたにとっては、わたくしどもの食い物が珍しゅうございましょう。お望みをかなえてさしあげます」

農夫のおかみさんは、台所で料理にかかりました。料理ができるまでのあいだ、農夫は畑仕事をしようと思い、旦那さまを連れて畑に出ました。

農夫がひとりで畑仕事をするのを見て、旦那さまが尋ねました。

「あなたには、仕事を手伝ってくれるようなお子さんはいないのですか?」

「はい。といっても昔は、倅《せがれ》がひとり、おりました。これが悪知恵ばかり回る、できそこないの小僧で、まともな稼ぎはなにひとつせず、あげくのはてにはここを飛び出していって、それっきり音沙汰《おとさた》もございません」

「その息子さんがいま目の前に出てきたら、それと見分けられるでしょうかね?」

「顔だけでは、わからんでしょう。ですが、肩をみれば、わかります。倅の肩には、エンドウマメみたいなほくろがございまして、これが目印になるでしょう」

旦那さまはそれを聞いて、上着を脱ぎ、肩をむきだしにして、農夫にそのほくろを見せました。

「たまげた! お前は、わしの倅か」

農夫は、自分の子供をかわいく思う気持ちになったのですけれど、

「だが、不思議だぞ。お前は、えらい金持ちの旦那さまになっているが、どうやってそんな身分になった?」

「わたしは、泥棒になったのです。いまでは泥棒の名人です。

わたしにかかっては、錠前なんぞないも同然。わたしが欲しいと見込んだものは、なんでもわたしのものになります。

盗めるところから手当たり次第に盗むような、そのへんのコソ泥とはちがいます。わたしの

獲物は、金持ちがありあまった金で贅沢《ぜいたく》をして手に入れたお宝だけです。貧乏人からは、盗むどころか、施《ほどこ》してやっています。

　らくらくと盗めるようなものには、手をつけません。名人が挑むのにふさわしいような、とうてい盗めそうにないものだけを狙《ねら》います」

「わしは気にくわん。泥棒は、やっぱり泥棒だ。お前、末はろくなことにならんぞ」

　農夫は息子をおかみさんのところへ連れて帰りました。おかみさんは喜びました。息子が泥棒になったときいても、

「泥棒になっても、あたしの倅にかわりはない。生きているうちに顔が見られて、よかったこと！」

と言いました。

　親子三人で、食卓につきました。息子はひさしぶりに、お父さんお母さんと一緒に、懐かしい粗末なご馳走《ちそう》を食べました。

　農夫は言いました。

「お前のことが領主さまの耳に入ったら、大変なことになるぞ。領主さまはお前の名づけ親だが、赤ん坊のときにしてくださったように、抱き上げてゆすぶってはくださらんぞ。お前を首つり縄につるしてしまわれるぞ」

「ご心配なく。領主さまは、そんなことはなさいません。今日のうちに、領主さまにご挨拶《あいさつ》に

あがります」

泥棒は、領主さまのお城に、馬車で乗り込みました。

領主さまは、その立派な馬車を見て、これは身分の高いかただろうと思い、お客として迎え入れました。けれど泥棒が、自分のことを打ち明けると、領主さまは困ってしまいました。

領主さまは言いました。

「わしは本来ならば、お前を縛り首にせねばならん。

しかしお前は、わしの名づけ子だ。縛り首にするのは忍びない。

さきほどお前は、泥棒の名人だと自慢したな。では、その腕前を試してやろう。もしお前が失敗したら、気は進まないが、やはり縛り首にしてしまおう」

泥棒は自信満々に言いました。

「領主さま、せいぜい難しい獲物を三つ、お考えください」

領主さまはしばらく考えました。

「よかろう。

一番目は、わしの馬だ。この城の厩《うまや》におる。

二番目は、わしのベッドの敷布と、わしの妻の結婚指輪だ。それもただ盗むのではいかん。真夜中に、わしらの気がつかないうちに盗まねばならん。

三番目は、この村の教会につとめている司祭と助祭だ」

この言いつけをうけたまわると、泥棒はひとまず領主さまの前から退きました。泥棒は隣町へ行きました。その町で泥棒はまず、上等なぶどう酒を買いつけ、これに眠り薬を入れました。次に泥棒は、貧乏なばあさんに変装しました。名人のわざで変装したので、どこからどうみても本物のばあさんでした。

ばあさんに変装した泥棒は、例のぶどう酒を樽《たる》につめて背負って、領主さまのお城に行きました。

泥棒がお城についたときには、日が暮れていました。泥棒が庭のすみに腰かけて、寒そうにぶるぶる震えていると、兵士が見つけて、声をかけました。

「ばあさん、こっちにきて、焚《た》き火にあたりなよ」

泥棒は、ばあさんのするようによちよちと歩いて、焚き火のそばにきました。兵士たちはみな、焚き火のそばで、ごろごろしていました。

兵士のひとりが、泥棒の背負っている樽に目をつけました。

「その樽はなんだい」

「上等なぶどう酒だよ。あたしはこれを売って暮らしてるんだ。コップ一杯から売るよ」

「どうれ、試してみるか。……こいつはいいぞ。もう一杯だ」

「ほうほう、こりゃうまい」

兵士たちはみんな飲みはじめました。

兵士のひとりが、厩《うまや》のなかにいる仲間に、声をかけました。

「おい、お前ら、いい知らせだぞ。今ここへ、ばあさんが来てるんだが、こいつがぶどう酒を売っておるんだ。いい酒だぞ。ばあさんと同じくらい古い酒だぞ。こいつを飲まない手はねえぞ」

泥棒は、樽《たる》を厩へ持ち込みました。

見ると、領主さまの命令があったのでしょう、馬は厳重に見張ってありました。馬には鞍《くら》が置いてあって、兵士がひとり、その鞍にまたがっていました。手綱《たづな》もつけてあり、兵士のひとりが握っていました。さらに、三人目の兵士が、馬のしっぽをつかんでいました。

泥棒は、みんなに欲しいだけ注いでやって、樽が空になるまで飲ませました。

しばらくして、手綱を握っていた手が緩み、その兵士はどさりと座り込んで、ぐうぐういびきをかきはじめました。馬のしっぽも同じように、つかんでいた手が緩み、その兵士は横にぶったおれました。馬に乗っている兵士は、乗ったままで、すやすやと眠っていました。外の兵士たちはみんな、とっくに寝てしまって、誰もぴくりとも動きませんでした。

こうして泥棒は、手綱のかわりにロープを握らせ、馬のしっぽのかわりに藁《わら》をつかませました。さて、馬に乗っている兵士はどうしましょう？　泥棒は、これを下に降ろしたりはしません。そんなことをすれば、兵士が目を覚まして、大声を出すかもしれないからです。

けれど泥棒には、名人の知恵とわざがありました。鞍をとめている腹帯の留め金を外し、ロープを鞍にしっかり結んで、そのロープでもって兵士を鞍ごと空中に吊り上げたのです。

これで馬を厩から出すことができるようになりました。けれど、このまま庭の石畳を通れば、お城の誰かが馬の足音を聞きつけるにちがいありません。そこで泥棒は、馬のひづめを布でくるんでおきました。

こうして泥棒は、馬にひらりとまたがって駆け出しました。

夜が明けてから泥棒は、盗んだ馬を駆って、お城に乗り込みました。領主さまが窓からのぞいてみると、一番目の獲物をしてやられたのだとわかりました。領主さまは笑わずにはいられませんでした。

領主さまは泥棒に向かって言いました。

「次はこうはいかんぞ。念のために断っておくが、お前が盗みに入ってきたときには、ただの泥棒として扱うぞ」

その夜、ベッドに入るとき、領主さまは奥方に言いました。

「出入り口にはみな鍵《かぎ》をかけてある。わしは眠らずに起きていて、泥棒を待ち受ける。もし奴《やつ》が、ここの窓に登ってきて入ろうとしたら、このピストルでしとめてくれるわ」

けれど泥棒には、名人の知恵とわざがありました。

泥棒は、夜の闇《やみ》にまぎれて、処刑場の絞首台へ行きました。首をくくられてぶらさがっている罪人をひとり、縄を切って落とし、背中にかついでお城に運んでゆきました。そして、領主さまの寝室の窓にハシゴをかけ、死人を肩車しながらハシゴを登りました。

泥棒が窓からくるのを待ち構えていた領主さまは、窓の外にひとの頭が現れると、それへ向かってピストルを撃ちました。これは実は死人の頭でした。泥棒は、撃たれたと同時に死人を地面に落っことし、自分はハシゴを飛び降りて、物陰に隠れました。

領主さまはハシゴを降りて、死人が死んでいるのを確かめました。けれど、死人が泥棒でないことには気がつきませんでした。領主さまは、泥棒の死体をそのままにしておくのは忍びなく、誰にも知られないよう、自分ひとりの手でもって畑に埋めてやることにしました。

それを見ていた泥棒は一計を案じて、ハシゴを登り、領主さまの奥方の待つ寝室へと向かいました。

泥棒は領主さまの声音をそっくり真似て、言いました。

「のう、奥や。

あの泥棒は死んだ。だが、あれは、わしの名づけ子。こんなことにはなったが、情けをかけてやりたい。このまま朝まで死体をさらして、恥をかかせるのは忍びない。あれの親も、あれが死んだと知れば、悲しむだろう。

だから、このことを誰も知らぬうちに、わしの手で、あれを畑に埋めてやる。

その敷布をおくれ。

あれが命をかけて盗もうとした品だ。あれのむくろを、くるんでやろう」

奥方は敷布を渡しました。

泥棒はつづけて、

「その指輪もおくれ。惜しかろうとは思うが、それのためにあれは命を落とした。やはりどうしても、ふたつともそろえてやりたい」

奥方は、いやいやながらも、指輪を渡しました。泥棒がハシゴを降りて逃げ去ったとき、領主さまはまだ畑に穴を掘っていました。

あくる朝、泥棒は、敷布と指輪を持っていき、領主さまに見せました。領主さまが、しょげかえったのなんの。

「わしはこの手で、お前をしとめて、埋めてやった。それをいったい、誰が掘り出して、生き返らせたのか。お前は魔法が使えるのか」

泥棒が事の次第を申し上げると、領主さまは、その悪知恵にうなりました。

「だが、まだ三番目の獲物があるぞ」

泥棒はにやにや笑うだけで、返事をしませんでした。

その夜のことです。

泥棒は、長い大きな袋を背負い、小さな包みをわきにかかえ、カンテラを手にして、村の教会にやってきました。長い大きな袋の中には、蟹《かに》がたくさん入っていました。小さな包みの中には、短いロウソクがたくさん入っていました。

泥棒は、墓地に座り込むと、蟹《かに》を一匹つまみだし、甲羅《こうら》にロウソクをはりつけて、そのロウソクに火をつけました。こうして蟹にロウソクの火を背負わせてから、地面に放しました。泥棒は、持ってきた蟹をみんな同じようにしました。

墓場での仕事を終えると、泥棒は、司祭の着るような服に着替えました。また、つけひげを顔につけたりして、正体がわからないよう変装しました。支度《したく》がすむと、さっきまで蟹の入っていた長い大きな袋を持って、聖堂の中に入り、説教壇にあがりました。そのときはちょうど、時計塔の鐘が、真夜中の十二時を打っているときでした。

最後の鐘が鳴りやむのを待って、泥棒は、カミナリのような声をはりあげて言いました。

「よく聞け、よく聞け！　汝《なんじ》ら罪深き人間どもよ！

万物の終わりがきた。

きょうは最後の審判の日である。

よく聞け、よく聞け！

我に従って天国へ入ろうと思うなら、誰であれ、この袋の中に入るがよい。

我は、天国の鍵《かぎ》を預かる使徒ペトロである。

見よ！　墓場を見よ！

死者どもが這《は》いずりまわって、おのれの五体の骨をかきあつめておる。

我のもとに来《き》たれ！　来たりて、この袋に入るがよい。

世界は沈むぞ！」

この呼びかけは村じゅうに響き渡りました。

司祭と助祭は、聖堂の隣に住んでいましたから、この呼びかけを真っ先に聞きつけました。

ふたりが、窓の外の墓場を見ると、たくさんの小さな炎がうごめきまわっています。これはただごとではないと思いながら、聖堂の中に入って、しばらく泥棒のお説教を聞いていました。

助祭は司祭をつついて言いました。

「どうです、ご一緒に天国に参りませんか」

「うむ、わしもそのつもりでおる。ともに参ろうぞ」

「承知しました。司祭さま、お先にお入りください、わたくしはあとからついてゆきます」

こうして司祭は説教壇にあがり、例の袋に這い込みました。つづいて助祭も入りました。

泥棒はすぐに袋の口をくくって閉じると、袋を地面にひきずりながらひっぱってゆきました。説教壇の階段が、ふたりの馬鹿者の頭を、ごつんごつんと叩《たた》きます。そのたびに泥棒は叫びました。

「ほら、山越えが始まったぞ」

泥棒は、聖堂からお城まで、袋をひきずってゆきました。水たまりを通るときには、

「それ、雨雲の中を通るぞ」

とどなり、お城の階段をあがるときには、

「それ、ここが天国の階段である。つぎは庭へまいるぞ」

とわめきました。

泥棒は、ふたりが入った袋を、お城の庭の鳩小屋に押し込みました。驚いた鳩が暴れて、ばさばさと羽ばたきをすると、泥棒は、

「聞こえたか、天使たちが喜んで、羽ばたきをしておる」

と言い、鳩小屋の戸を閉めてしまいました。

あくる朝、泥棒は領主さまに申し上げました。

「三番目の獲物も盗み出しました。ふたり一緒に袋に入って、庭の鳩小屋に転がっております。ふたりとも、自分が天国にいるものと思っております」

領主さまは鳩小屋に行ってみて、泥棒が本当のことを言っているのを確かめました。領主さまは、司祭と助祭を出してやってから、言いました。

「お前はたしかに泥棒の名人だ。お前の勝ちだ」

お姉ちゃんは、いかめしい領主さまの声色《こわいろ》を使って、言いました。

「『お前はたしかに泥棒の名人だ。お前の勝ちだ』」

鳩小屋のなかの袋のなかにいて、そこが天国だと思っている二人が、おかしくて、かわいく

て、笑ってしまいます。

「川井《かわい》さんって、そんなにすごい名人なの？」

「まあねー。

でも、似てるっていうのはそこじゃない。似てるのは、家族が恋しくて帰ってきちゃうところ」

そうだ。泥棒の名人は、帰ってきて、それから？

「泥棒が勝って、どうなったの？」

きっとハッピーエンドのはずです。けれど泥棒が泥棒をやめてしまったら、なんだかそれはハッピーエンドらしくない気がします。どうやってけりがつくのか、わかりません。

いかめしい領主さまの声色で、お姉ちゃんは続けます。

「『お前の勝ちだ。今日のところは、縛り首にはしない。

だが、わしの領地からは出て行け。

もしお前がもう一度、わしの領地に足を踏み入れたら、そのときは必ず縛り首にいたすぞ』

泥棒は両親に別れを告げて、またどこかへ行ってしまいました。それきり、この男の噂《うわさ》をきいたものは、誰ひとりおりません」

どこかへ。

お姉ちゃんがお話をしてくれていたあいだに、雪が降りはじめました。この冬の初めての雪、初雪《はつゆき》です。

お姉さまはまだ東京にいるはずといいます。この雪は、お姉さまの肩にも降り積もっているのでしょうか。

わたしが自分の名前のとおり、この雪になって、お姉さまの肩に降り積もることができたなら。

そうしたら、泥棒の名人が行ってしまったどこかへも、一緒に行けるのでしょうか。たとえそこが天国だとしても。


でも。

お姉さまは、ラプンツェルの王子さまでもなければ、泥棒の名人でもありません。

「でも、川井《かわい》さんは負けたんでしょう?」

お姉ちゃんは、さっきの領主さまみたいないかめしい声色で、

「奴《やつ》は大変なものを盗んでいきました。あなたの心です」

それは別の泥棒のお話です。

「わたしは泥棒なんて覚えない」

「王女さまでもないでしょうが」

わたしはラプンツェルではないので、長い流浪《るろう》なんかしなくても、すぐにでもめぐりあうことができるはず。

お姉さまは泥棒の名人ではないので、縛り首の心配なんかせずに、またここに戻ってくることができるはず。

どうやって？

方法は、もう、わかっています。

二十九日目

遺伝は不思議だ。川井文《かわいあや》は母親によく似ていると思っていたのに、父親を見てしまうと、父親そっくりに見えてくる。川井文の、作り物めいた鋭角的な鼻や、吊り目ぎみの目尻は、父親ゆずりのものだった。

あんなことがあっても、川井文は約束どおり、私を家に招いた。これも約束どおり父親に引き合わされ、私は、起きたことを話せる範囲で話した。

私の話が終わると、川井文の父親はゆっくりと言った、

「文は、もう愛《めぐみ》には会えないのですね」

「いいえ。文ちゃんの気持ち次第だと思います」

隣に座っていた川井文が、ぎょっとした顔で、私を見つめる。

「――どういうことでしょう?」

「お父さまは、いまでも愛さんに会いたいと、強く願っておられますか?」

川井文の父親は、川井愛がふたたび現れてから、一度も川井愛に会ったことがないという。愛していることと、会いたいと願うことは、かならずしも重ならない。

「……いえ、正直なところ」

もしかしたら今の川井文も、そうかもしれない。だとしたら、私の道は険しくなる。たとえ険しくてもあきらめないけれど。

「では、詳しく申し上げる必要はないと思います」

隣の川井文の表情をうかがう。

迷っていた。

＊

文ちゃんのお部屋は。

お姫さまのお部屋でした。

机が。わたしの部屋にあるような、せせっこましい学習机ではありません。立派でおしゃれなオフィスにあるような、曲線的なデザインの大きな机です。椅子《いす》もただの椅子ではなく、座りごこちがいいので有名な、たしか何十万円もする椅子です。

ウォークイン・クローゼットのなかには、高そうな子供服が、しかもいまの文ちゃんのサイズのものが、いっぱい入っています。ほかのものはともかく、服や靴はいくらでも買ってもらえるのだとか。

お姫さまだとは思っていましたけれど、いつも電車代を節約している文ちゃんが、こんなに贅沢《ぜいたく》に暮らしているだなんて、夢にも思いませんでした。それでも文ちゃんは、

「椅子がかわいくない」

「猫が飼いたい」

と贅沢《ぜいたく》を言うのですから、ひとの欲望には限りがありません。ただ、お小遣いが少ないのだけは同情します。

お部屋を案内してもらって、ぬいぐるみで遊んで。

わたしは古い犬のぬいぐるみを、文《あや》ちゃんはスリーピーベアのぬいぐるみを使います。しばらく遊んでから、わたしは、ぬいぐるみに質問させました。

「文ちゃんは、ママに会いたいか?」

「……うん」

まだ迷いがあります。

「クリスマスにママからもらったネックレスは、ちゃんと隠してあるな?」

「あれを使うの?」

「うまくいくかどうか、わからないぞ。失敗したら、返ってこないかもしれないぞ。それでもいいのか?」

「どう使うの?」

わたしは鼻歌を歌いながら、ぬいぐるみにダンスさせて、もったいをつけました。そうしてから、

「まずは、佐藤葉桜《さとうはざくら》を動かすのだ」

三十四日目

川井文《かわいあや》を我が家に招いた。

「あけましておめでとうございます」

初詣《はつもう》でに行くわけでもないのに、川井文は晴れ着姿だった。髪もいつものツインテールではなく、結《ゆ》ってある。

車で迎えにいってくれた姉が、その美しさに感動したのか、

「初雪《はつゆき》にも振袖《ふりそで》、買ってあげるね」

「昔おねだりしたら、着つけができないから嫌だって言ってたじゃない」

「あれは初雪がまだ小さかったときの話でしょ？　もう大きいんだから、着つけは自分で覚えなさいよ」

「あのとき小学六年生だったから、いまの文ちゃんより大きかった。それに、お姉ちゃんは着つけを覚えないの？」

「何年も前のつまんないこと根に持ってんじゃないの。それに、自分に必要ないことなんて覚えるわけないでしょーが」

「つまんなくない、あれのせいで私は振袖とか着たいと思わなくなったんだから。それに、お姉ちゃんはモノは買ってくれるけど――」

聞いていた川井文が笑いだしたので、恥ずかしくなって、口げんかをやめる。

夕食のあと、川井文をうちまで送っていこうとする段になって、作戦が始まった。

まず私の部屋に姉を呼んだ。次に川井文がいよいよ口火を切った。

「葉桜《はざくら》さんにお願いがあります」

「なーに、改まっちゃって」

「母の居所をつきとめてください」

姉はくるりと振り向いて、

「初雪、あんたの差し金？」

「私も、愛《めぐみ》さんに会いたい」

姉は顔をしかめた。

「あたしゃ正義の味方じゃないんだわ、仕事は損得でやってんの。川井さんの居所をつきとめて、それで――」

川井文が、ネックレスのケースを取り出して、開けてみせた。

「母がくれたものです。引き受けてくだされば、お礼にさしあげます」

「そんなしょぼ……くもないか。

子供にこんなんあげるなんて、形見のつもりじゃないの？　受け取れないな。帰れ帰れ。送ってあげる」

姉が立ち上がろうとしたのを、私が手をつかんで引き止める。

「もし引き受けていただけなければ、これを売ってお金にして、ほかのかたにお願いします」

「誰に頼むってのよ」

私が横から口をはさんだ。

「川井《かわい》さんのお店で、空軍の大佐に会った。川井さんを訪ねてきたみたい。大佐なんて日本に何人もいないから、すぐにつきとめられる」

姉は顔色を変えた。その本人に心当たりがあるのかもしれない。

「やめなって！　素人《しろうと》にゃ無理！　それなくすだけ！　だいたいねー、それ売ってもまだ足りないかもしれないんだ。ジュエリーなんて売るときは二足三文《にそくさんもん》」

さすがの姉も、こんな状況には慣れていないらしい。困っている。こんな姉を見るのは珍しい。

「お姉ちゃん、きいて。このネックレスを、世界で一番高く買ってくれるひとは、誰だと思う？」

姉の顔にあきらめが浮かんだ。

「……川井愛《めぐみ》。しかし会ってどうすんの。あのひとだって好きで行方《ゆくえ》くらましてるわけじゃないよ？」

「それは、まだ秘密」

言って、私は川井文《あや》に目くばせした。

「秘密です」

言って、川井文は微笑《ほほえ》んだ。

二百四十一日目

北国の夏は不思議です。

建物がみんな、冬の雪や寒さに備えてあるのですけれど、夏にはそれが無意味になって、どう働くのかわからなくなって、まるでいたずらでデザインしたみたいになります。

「プライベートジェットで移動するよーなご身分になってみたいもんよねー。空港からはリムジンで移動。リムジンバスじゃないよ」

と、お姉ちゃんが嘆きました。

羽田《はねだ》空港から新千歳《しんちとせ》空港まで飛行機で。新千歳空港から札幌《さっぽろ》駅までＪＲの特急で。札幌駅からは地下鉄で三駅。日帰りなので、荷物はほとんどありません。

いまは地下鉄の電車のなかです。東京にくらべると、いろんなところがのんびりした地下鉄です。

「友達のおじいさまがそんなのみたい」

文《あや》ちゃんです。

「そのお友達はきっとこんなんだね、『友達のおじいさまが今度、世界最大のヨットを作るみたい』。あーあ、どっかの産油国の王族に生まれたかった」

「でもわたしはそんなのより、お姉ちゃんの妹に生まれるほうがいいな」

するとお姉ちゃんは、人目もかまわずわたしを抱きしめて、

「初雪《はつゆき》ぃ！　あんたは私の命よ！」

もうこんなのには慣れっこの文ちゃんは、無視して話を続けます。

「リムジンじゃなくてもレンタカーにすればよかったのに」

「レンタカー、きらーい。乗りたきゃ自分で免許取って乗るんだね」

「クライアントの要望はまじめに検討してよ」

「私はそういうのが嫌だから、こんな商売してんの。あきらめな」

電車を降りて、駅を出ると、そこは繁華街の外れです。道路の幅がやたらに広くて、交差点は直角ばかりで、まるでアメリカの街のようです。

しばらく歩くと、

「ほい、あそこ」

お姉ちゃんが指さした先に、その喫茶店がありました。

お姉さまはいま、この喫茶店をやっているそうです。

ここに来るまでわたしはなんとなく、あの古本屋のようなお店を想像していたので、ちょっと考え直しました。

「このへん人通りが多いから、お店も繁盛《はんじょう》してるんじゃない？　いま行ったら、お仕事の邪魔じゃないかな」

お姉ちゃんは眉《まゆ》を寄せて、

「そういうレベルの話じゃないんだわ、これ」

「え？」

けれどわたしの戸惑いを相手にせずに姉は、

「ふたりとも携帯の電源は入ってる？　オッケー、私が電話するまでここで待つこと。ワンコールで切るから、そしたら入ってきて。

初雪《はつゆき》には、これ」

と渡されたのは、無線機とイヤホンです。

「私らの会話、聞かせてあげる。約束を破ったのは私じゃないって証拠にね。完璧《かんぺき》な証明にはならないけどさ」

複雑な気持ちになりましたけれど、聞きたいのは山々なので、黙ってイヤホンを耳に入れました。

「私は？」

文《あや》ちゃんが尋ねると、

「あんたにゃ聞かせたくない話もあるかもしれないから、ダメ。初雪も聞かせるんじゃないよ。

そんじゃ、お先」

＊

「あら、いらっしゃい」

川井愛《かわいめぐみ》の声だった。姉の訪れを予期していたらしく、声にはなんの驚きもない。

「ひさしぶりー。とりあえず、なんか飲み物ちょーだい」

「じゃあ、お冷やをどうぞ。自信作なの」

「あんたが喫茶店なんて、熟女メイド喫茶でもやってるのかと思ったら、まともにやってるみたいだね。水が自信作とは考えたもんだわ、料理しないですむもん」

「あら、ここはお料理なんてしないの。作ってあるのを仕入れて、電子レンジであっためるだけ」

「なるほどねー。

——なんで近藤紡《こんどうぼう》株を売ったの？」

「そんなことがききたくて、この大騒ぎ？」

大騒ぎ？　姉の訪れを予期させるような、大掛かりなことがあったらしい。

「クライアント様の要望は別。あんたと世間話するくらいは私の役得ってことでね」

「初雪に知らせるつもり？」

「まあねー」

「それじゃあ答えは、『初雪をひとりじめしたかったから』。あなたが飛んだら、あの子の行く先は、私のところしかないでしょう？」

「あのタイミングだともうダメだって、わかってたでしょうが」

「あんなのハッタリだと思ってた」

「何割くらい思ってた?」

「二割」

「やめときゃいいまでも仲よくしてられたでしょうに」

「うーん……。あの夜、あの子を抱こうとしたんだけど」

とたんに、わきの下から冷や汗が流れた。姉の配慮は鋭かった。これは川井文《かわいあや》には聞かせられない。

「そうしたら、あの子、『どうして、するの?』ってきいたの。

考えてみたら、この子を自分につなぎとめたいからだ、って思って。不純だな、って思って。

それじゃあ別の方法で、というわけで、ああいうことになりました」

「初雪《はつゆき》に手を出したら殺す、って思って言っといたはずだけど?」

「殺されたくらいで止まるわけがないでしょう?」

「まーね、殺すのまで含めて覚悟してた。……で、どうなのよ」

「未遂」

「オッケー、それで口裏合わせといて。私だって殺しなんか嫌だ。

お次の話題。ネックレス買わない?」

物音がした。あのネックレスのケースを開けてみせたらしい。

川井愛《めぐみ》がくすくす笑った。

「ずいぶんかわいいクライアントさんみたいね？」

「これを世界一高く買うのは、あんただってさ。四十で買って。でないとこの佐藤葉桜《さとうはざくら》さまが、小学生のガキに勉強させられるわ」

「こんなもの受け取ったんだから、はじめから勉強するつもりだったんでしょう？　三十、ただし即金」

「即金？　用意がいいじゃん。あんがとさん。

さて、クライアント様のお出まし」

川井文の電話が鳴った。緊張した面持《おもも》ちで、川井文が店内に向かう。

「ママ！」

「ひさしぶりね、文」

しばらく沈黙が続いた。

「あのネックレス、気に入らなかった？　大事にしてほしかったな」

「ママのほうが大事」

「そんなこといってると、これ、もうあげないわよ？」

「いらない」

「あらあら。こんなもの、文《あや》にはまだ早かったみたいね」

健康のこと、学校のこと、私のこと、話はいつまでも続きそうだった。

私の携帯が鳴り、ワンコールで切れた。

＊

お姉ちゃんはいつも、組織の仲間のことを『野郎ども』と呼んでいます。

米軍の兵士ですから、ひょろっとしたひとは見たことがありません。なかでも実戦部隊に配属されているひとは、体積がずどんとあるうえに、身のこなしがエネルギッシュです。普通に歩いているだけで、まるで車のエンジンが歩いているような。

そういう、車のエンジンのようなひとたちが、お店を埋め尽くしていました。

大小のテーブルとカウンター、あわせてざっと四十席くらいを満席にしています。服装はカジュアルでも、行動はくだけていません。全員、ひそひそ話もせず、黙りこくっています。

『野郎ども』です、紹介されるまでもなく。お姉ちゃんの指揮のもと、普通のお客さんを締め出すために、お店を占領しているのでしょう。

お店の異様な光景に、一瞬目を奪われたあと——お姉さまと目が合いました。

「あらあら」

わたしとお姉さまを隔《へだ》てる距離は、約四メートル。

この距離でわたしは、胸を張って、両手を軽く左右に広げました。抱きしめるために。

お姉さまはあいまいに微笑《ほほえ》んで、

「……どうしたの？　いらっしゃい」

わたしは言いました。

「お姉さまが、こっちに来て。

前に、お姉さまが言ったでしょう、『好きな人のところには、自分の力で会いに行くものよ』

って。

だから、ここまで来て」

お姉さまが、目をそらす。

「私はもう初雪《はつゆき》のお姉さまじゃないの」

「じゃあ、愛《めぐみ》さん」

ふたたび愛さんがわたしのまなざしを受け止めました。

そして、一歩。

約四メートルの距離を七歩で埋めて、愛さんはわたしの腕のなかです。

「こら」

あの懐かしい『こら』でした。

「文《あや》に入れ知恵したのは初雪ね？　だめ。こんなことしてあげても、そのときは嬉《うれ》しがっても、あとになんにも残らない。文は小さいからしようがないけど、初雪《はつゆき》はだめ。文によくしてあげてって、書いておいたでしょう？」

「愛《めぐみ》さん、こっち向いて」

短く、くちづけます。お店を埋めている米兵の、ごくりと息を飲む音が聞こえました。黙ってはいても、見ているようです。けれど気にしている余裕はありません。

お姉ちゃんに向かって、わたしは言いました。

「わたしは愛さんが好き」

お店が、みんな黙っていたはずなのに、さらにしんと静まり返ります。

お姉ちゃんの隣にいる黒人の米兵が、お姉ちゃんをつついて、なにか許可を求めるようなそぶりをしました。お姉ちゃんは苦い顔でうなずいて、英語で、

「お前ら、三つ数えるあいだだけ、騒いでよし！　一！」

と声をはりあげると、

「WOOOOO!」

「YEEHOO!」

「Gibu me chokoleto!」

そしてたくさんの口笛が巻き起こりました。

お姉ちゃんの指が三を示すと、またぴたりと静かになりました。おまけにみんな顔をうつむかせて、まるで、『見て見ぬふり』のパフォーマンスでもやっているみたいです。

「ったく。……それで？」

「愛さんが行方《ゆくえ》をくらまさなきゃいけない事情がどんなのか、わたしはよく知らない。でも、愛さんが本当にそうしたいと思って、お姉ちゃんが力を貸してあげたら、絶対、戻れると思う」

「なーんで私が――」

「文ちゃんには力を貸してあげたじゃない。愛さんにも、よくしてあげて。わたしの好きなひとなんだから。こっちもタダ働きじゃないんだし」

「あんたにそんな金が――」

「愛さん、持ってるでしょう？」

愛さんは首をかしげて、

「どうしてそう思うの？」

「愛さんがあのネックレスを高く買ってくれるはずだって、お姉ちゃんが判断したから。愛さんにお金がないんだったら、お姉ちゃんはこんなこと引き受けなかった」

「なるほどね。でも、足りないかもしれないじゃない？」

「そのときは、お姉ちゃん、がんばって！」

「がんばれとか無責任なこと言ってんじゃねー！」

ここでわたしは間を取りました。

「――もし足りなくて、やっぱりダメでも、しょうがないと思う。好きな人のところには、自分の力で会いに行くものだから」

お姉ちゃんはまるでやけくそに、けっと毒づいて、

「そういうあんたがここに来れたのは、文《あや》ちゃんのおかげでしょうが」

「ひとに頼るのも、自分の力のうちでしょう？　だから愛《めぐみ》さんも、どんどんお姉ちゃんを頼ってね」

「そうね、そうさせてもらおうかしら」

「なんでそうなるの？　ねえ？　そしたら私だけ頼る相手がいないじゃん？　それって理不《りふ》尽《じん》じゃん？」

お姉ちゃんは本気で落ち込んでいるようです。

「それじゃあやっぱりお姉ちゃんは、産油国の王族に生まれたかった？　理不尽にお金持ちになれたよ？」

「あんたが妹に生まれたときに、そういう運は使い果たしたのかもね。――川井《かわい》さん、この店、酒はある？」

「ええ」

するとお姉ちゃんは英語で、

「お前ら、騒いでよし！　酒だ、飲み尽くせ！　Gibu me chokoleto!」

「「「「Gibu me chokoleto!」」」」

米兵たちのおたけびに負けじとばかりに、お姉ちゃんはハーモニカを吹き鳴らしました。

わたしは文ちゃんの手を引いて、お店を出ました。帰りの飛行機のチケットは取ってあるので、その時間までにはお開きになっているでしょう、きっと。

＊

あのころは姉がいた。私は姉に守られて夢の中にいて、しかも自分が夢の中にいることを知らずにいた。

のちに、私は夢から覚めて、自分が夢の中にいたことを知った。そして、それを何度も繰り返した。あるとき夢から覚めては、それまで自分が夢の中にいたことを知る、その繰り返しだった。

今度こそ夢の外に出たはずだ、と思ったそのとき、私はようやく、自分が夢の中にいることを知った。

プロスペローの言うとおり、私たちはみな夢と同じものでできており、いずれは淡い大気へと溶けてゆく。私という存在がこの身体《からだ》の外には出られないのと同じように、この夢の外には出られないのだと、私は知った。

あのころの私は、なにか大切なことを信じていた。いまとなっては思い出すことができないなにかを。そのなにかは、私自身よりも早く、この淡い大気へと溶けてしまった。

あのころの私は、川井愛《かわいめぐみ》を信じ、求め、愛した。それは今でも私の誇りであり、私を包むこの大気を、甘く、かぐわしくしてくれている。

二百六十二日目

姉は急に忙《いそが》しくなり、朝晩に顔を合わせることさえ減った。姉ははっきりとは言わなかったけれど、川井愛《かわいめぐみ》を前の暮らしに戻すための準備に忙しいらしい。

私はときどき、川井愛の古本屋の前までゆく。『都合により当分の間休業いたします』の張り紙はなくなっていたけれど、シャッターは閉じたままで、別のお店になりそうな気配もない。川井愛が戻ってきたら、きっとまたここで古本屋さんを開くはずだと、私はわけもなく思い込んでいる。札幌《さっぽろ》では喫茶店をやっていたのだし、今度は花屋さんだったりしてもよさそうなものなのに。

今日も私は、古本屋の前までゆく。

電車を降りると、まるで汗まみれの服を着せられたように、じめじめと暑い。駅から古本屋までの短い道のりで、もう手足に汗のしずくが流れ落ちる。もう夏は終わりかけているはずなのに。終わりかけの暑い日のほうが、真っ盛りの一番暑い日よりも、どうしてだか暑く感じる。今日がちょうど、そんな日だった。

麦わら帽子をかぶって日差しを遮《さえぎ》り、水筒の冷たいお茶を飲んで渇きをいやす。この夏、私の学校では、魔法瓶《まほうびん》の水筒を持ち歩くのが流行《はや》っている。

いつものとおり、お店のシャッターになんの変化もないのを確かめると、私は、いまきた道を引き返す。強い日差しに焼けるだけ焼けたアスファルトに目を落とし、すぐに目を上げると。

そこに。

どういう偶然か、私と同じような麦わら帽子をかぶっていて。かくん、と首をかしげたので、麦わら帽子もいっしょにかしげて、なんだか大げさになる。

お互い、走りもせず、足を止めもせず、まっすぐに歩いて、あと一歩の距離で腕を広げて、その一歩と同時に、抱きしめあう。

「ただいま」

「おかえり」

汗にまみれた腕と腕がこすれあう。その感触に、もっと奥へと誘われる。

誘われるままに進みたい。そうする理由もなく、そうしない理由もなく、ただ、川井愛が欲しい。

参考文献

西條八十『西條八十詩集』(白鳳社、一九九九年新装版)
グリム兄弟著、金田鬼一訳『完訳 グリム童話集 1』(岩波書店、一九七九年)
グリム兄弟著、金田鬼一訳『完訳 グリム童話集 5』(岩波書店、一九七九年)

あとがき

この本は何万部も刷ってもらえるそうなので、きっと今から一万年と二千年後にも、一冊くらいは残っているのではないかと思います。だから、このあとがきは、一万二千年後の世界に暮らしているかたがたのために書きます。

西暦一万四千年の未来人さん、こんにちは。お元気ですか?

地球環境問題や全体主義や核兵器のことは、おそらくあなたのほうが私より詳しいでしょう。……え、そんなのは些細《ささい》な問題だった? だとしたら悲しいことですが、大いにありそうなことです。クロスボウが非人道的な兵器として問題になってからほんの数世紀のあいだに、機関銃と核兵器が実戦投入されました。地球はかいばくだんの実戦投入はきっとドラえもんの実用化より先でしょう。

あなたが知っていそうにないことも、たくさんあります。この小説は、たくさんのお話をもとにしていますが、きっとあなたの知らないお話ばかりです。たとえば、さっき「一万年と二千年」とわざわざ分けて書きましたが、その理由はおそらくあなたにはわかりません。「地球はかいばくだん」、わかりますか？　「ドラえもん」、わかりますか？

気のめいるような話が続いてしまいました。

でも大丈夫です。私はここにいて、あなたはそこにいます。お話をしましょう、隠し事がたくさんのお話を。素敵なお話ができるはずです。だって、たとえば恋人同士が語らうときには、お互い、前の恋人のことは黙っているではありませんか。

では未来人さん、あなたの時代から一億年と二千年後にも、あなたの地獄にお話が絶えないことを祈りつつ、お別れを申し上げます。さようなら。

ガガガ文庫 10月刊

されど罪人は竜と踊る④ Soul Bet's Gamblers

著／浅井《あさい》ラボ

イラスト／宮城

巨大な策謀のカギを握ってしまったジヴーニャ、〈古き巨人〉たちの野望にエリダナが、今、消滅せんとする。そして、ジヴーニャを巡るガユスの愛の行方は!?

ISBN978-4-09-451094-2（ガあ2-4）　定価860円（税込）

クラウン・フリント レンズと僕と死者の声

著／三上康明《みかみやすあき》

イラスト／純 珪一

僕は踏まれていた。セーラー服の少女カレンに。「このレンズを使って百の『思い』を撮影すること…」レンズに宿る幽霊（?） カレンとの共同生活が始まった。

ISBN978-4-09-451095-9（ガみ2-4）　定価620円（税込）

スマガ①

著／大樹連司《おおきれんじ》　原作／ニトロプラス

イラスト／津路参汰（ニトロプラス）

悪魔《ゾディアック》と魔女《エトワール》たちの戦場となってきた街の運命を、空から降ってきたおかしな主人公は変えられるか!? ニトロプラス初の「恋愛」ゲームをガガガ流ノベライズ!

ISBN978-4-09-451096-6（ガお1-6）　定価600円（税込）

どろぼうの名人

著／中里《なかざと》 十《みつる》

イラスト／しめ子

古書店の美しい女店主。15歳のわたしが、彼女の「妹」になったのは、大好きなお姉ちゃんの言いつけだった…。第2回小学館ライトノベル大賞・佳作受賞作品!!

ISBN978-4-09-451097-3（ガな4-1）　定価620円（税込）

僕がなめたいのは、君っ!②

著／桜《さくら》 こう

イラスト／西邑

"花視《はなみ》"能力が不安定な洋《ひろ》は、フラワー協会の少女、月夏《つきな》の花視査定試験を受けることに。けれど、彼女の密口《みつぐち》は………。第2回ガガガ賞受賞作、早くも続編登場!

ISBN978-4-09-451098-0（ガさ2-2）　定価620円（税込）

GAGAGA

ガガガ文庫

どろぼうの名人

中里 十

発行	2008年10月23日 初版第1刷発行
発行人	辻本吉昭
編集責任	野村敦司
編集	湯浅生史
発行所	株式会社小学館 〒101-8001 東京都千代田区一ツ橋2-3-1 [編集]03-3230-9343 [販売]03-5281-3556
カバー印刷	株式会社美松堂
印刷・製本	図書印刷株式会社

Printed in Japan ISBN978-4-09-451097-3

たくさんのご応募ありがとうございました！ そして…

第4回小学館ライトノベル大賞
ガガガ文庫部門、原稿募集開始!!!!

ゲスト審査員は、竜騎士07先生!!!!!!!

ガガガ大賞：200万円＆応募作品での文庫デビュー
ガガガ賞：100万円＆デビュー確約
優秀賞：50万円＆デビュー確約
審査員特別賞：30万円＆応募作品での文庫デビュー

第一次審査通過者全員に、評価シート＆寸評をお送りします

内容 ビジュアルが付くことを意識した、エンターテインメント小説であること。ファンタジー、ミステリー、恋愛、SFなどジャンルは不問。商業的に未発表作品であること。
（同人誌や営利目的でない個人のWEB上での作品掲載は可。その場合は同人誌名またはサイト名を明記のこと）

選考 ガガガ文庫編集部＋ガガガ文庫部門ゲスト審査員・竜騎士07

資格 プロ・アマ・年齢不問

原稿枚数 ワープロ原稿の規定書式【1枚に41字×34行、縦書きで印刷のこと】は、70～150枚。手書き原稿の規定書式【400字詰め原稿用紙】の場合は、200～450枚程度。
※ワープロ規定書式と手書き原稿用紙の文字数に誤差がありますこと、ご了承ください。

応募方法 次の3点を番号順に重ね合わせ、右上をひも、クリップ等で綴じて送ってください。
① 応募部門、作品タイトル、原稿枚数、郵便番号、住所、氏名（本名、ペンネーム使用の場合はペンネームも併記）、年齢、略歴、電話番号の順に明記した紙
② 800字以内であらすじ
③ 応募作品（必ずページ順に番号をふること）

締め切り 2009年9月末日（当日消印有効）

発表 2010年4月発売のガガガ文庫、及びガガガ文庫公式WEBサイト GAGAGAWIREにて。

応募先 〒101-8001 東京都千代田区一ツ橋2-3-1
小学館コミック編集局 ライトノベル大賞【ガガガ文庫】係

注意 ○応募作品は返却致しません。○選考に関するお問い合わせには応じられません。○二重投稿作品はいっさい受け付けません。○受賞作品の出版権及び映像化、コミック化、ゲーム化などの二次使用権はすべて小学館に帰属します。別途、規定の印税をお支払いいたします。○応募された方の個人情報は、本大賞以外の目的に利用することはありません。○応募された方には、原則として受領はがきを送付させていただきます。なお、何らかの事情で受領はがきが不要な場合は応募原稿に添付した一枚目の紙に朱書で『返信不要』とご明記いただけますようお願いいたします。○作品を複数応募する場合は、一作品ごとに別々の封筒に入れてご応募ください。